AF748396

www.ingramcontent.com/pod-product-compliance
Lightning Source LLC
LaVergne TN
LVHW010840051026
849532LV00007B/2765

9789369086146

ناچ میری بلبل

(مزاحیہ مضامین)

کنہیالال کپور

© Kanhaiya Lal Kapoor

Naach meri Bulbul *(Humorous Essays)*

by: Kanhaiya Lal Kapoor

Edition: June '2025

Publisher :

Taemeer Publications LLC (Michigan, USA / Hyderabad, India)

ISBN 978-93-6908-614-6

9 789369 086146

کتاب	:	**ناچ میری بلبل** (مزاحیہ مضامین)
مصنف	:	**کنہیالال کپور**
صنف	:	طنز و مزاح
ناشر	:	تعمیر پبلی کیشنز (حیدرآباد، انڈیا)
سالِ اشاعت	:	۲۰۲۵ء
صفحات	:	۹۴
سرورق ڈیزائن	:	تعمیر ویب ڈیزائن

فہرست

لغاتِ جدید

آدمی۔ وہ جانور
جسے چڑیا گھر میں اس لئے نہیں
بھجوایا گیا مبادا باقی جانور اس کی صحبت میں
رہ کر بگڑ جائیں۔

آئینہ: وہ خوشامدی جو ہر شخص سے کہتا ہے "میں نے
آپ جیسا خوبصورت شخص آج تک نہیں دیکھا"

آرٹ: وہ چیز جسے سو میں سے اسّی آدمی بالکل نہیں سمجھتے
اور باقی بیس جو اسے سمجھنے کا دعویٰ کرتے ہیں جھوٹ
بولتے ہیں۔

آرٹسٹ: وہ اِنسان جس کے سر کے بڑھے ہوئے بال اور
لمبی اور بے ترتیب داڑھی دیکھ کر خیال آتا ہے
کہ جس شہر میں رہتا ہے وہاں نائی کی دُکان
نہیں ہوگی۔

آمدنی: وہ کمائی جو آدھی ڈاکٹر اور آدھی محکمۂ انکم ٹیکس

لے جاتا ہے۔

آج کس کا مُنہ دیکھا ہے: جب صُبح آئینہ میں اپنا مُنہ دیکھنے کے بعد سارا دن نقصان ہی ہوتا رہے اس وقت اس محاورہ کا استعمال کیا جاتا ہے ایک مرتبہ استاد ذوقؔ کو اسی قسم کی صورتِ حال سے دوچار ہونا پڑا تھا چنانچہ اُنھوں نے فرمایا۔

جس جگہ بیٹھے ہیں با دیدہ نم اُٹھے ہیں
آج کس شخص کا منہ دیکھ کے اٹھے ہیں

آوے کا آوا بگڑا ہے: اپنے آنے والی نسل پر ہر ایک نسل کا تبصرہ!

آپ کے سر کی قسم: دُنیا کی سب سے جھُوٹی اور بے ضرر قسم۔ جس کے کھانے سے کھانے والے کا کچھ نقصان نہیں ہوتا۔ داغؔ دہلوی اس نکتہ کو جانتے تھے تبھی کہتے ہیں۔

آپ گھبرائیں نہیں جور سے توبہ نہ کریں
آپ کے سر کی قسم، داغؔ کا حال اچھا ہے

ادیب: ا۔ وہ آدمی جو دہلوا، یا "واہ واہ،، پر

پلتا۔ پنپتا اور جیتا ہے۔

۲۔ وہ شخص جو اس غلط فہمی میں مبتلا ہے کہ شیکسپیر۔ کالی داس اور غالب کے بعد ادب کو فروغ دینے کی ذمہ داری اس پر عائد ہوتی ہے۔

ایڈیٹر: وہ بدنصیب شخص جو ہر روز اس امید پر ایڈیٹوریل لکھتا ہے کہ شاید قارئین اسے پڑھیں گے۔ لیکن جس کی یہ آرزو کبھی پوری نہیں ہوتی۔

۲۔ وہ اخبار نویس جس کا ایڈیٹوریل اس کے علاوہ صرف ایک اور شخص پڑھتا ہے یعنی پروف ریڈر۔

امرود: اکبر الہ آبادی، اور مہا دیوی ورما کے بعد الہ آباد کی ہندوستان کو تیسری دین!

باپ: وہ گنجا اور تھکا ماندہ شخص جو سارے گھر کے لئے کماتا ہے، لیکن جسے اس کی بیوی نکھٹو اور بچے چغد سمجھتے ہیں۔

بچے: چلتی پھرتی روتی بیٹتی لعنتیں جو جتنی کم ہوں زیادہ ہیں۔

بیوی: دھوبن، باورچن، نرس اور باندی کا قابلِ رحم مرکب!

بھابی: سالی کے علاوہ واحد ہندوستانی عورت جس کے ساتھ تھوڑی سی بے تکلفی کے ساتھ پیش آیا جا سکتا ہے۔

برسات: وہ واہیات موسم جس میں اگر "فلو" نہ پھیلے تو ملیریا ضرور پھیلتا ہے۔

بھرتی کا شعر: آج کل لکھی جانے والی غزلوں کا قریب قریب ہر ایک شعر۔

بور: وہ شخص جس کی گفتگو سُن کر سر پیٹنے کو جی چاہے اپنا نہیں اس کا۔

بوسہ: شاذ و نادر کھڑکی کی بجائے لیکن اکثر و بیشتر جوتی کے تلوے چاٹنے کا فعل!

بلیمہ: خدا کا سب سے بڑا حریف اور رقیب!

پڑوسی: وہ شخص جو آپ کو کمینہ سمجھتا ہے اور جسے آپ پرلے درجہ کا لچا اور بدمعاش سمجھتے ہیں۔

تکرار: وہ بحث جو دو بیوقوفوں میں اس بات کا فیصلہ کرنے کے لئے کی جاتی ہے کہ اُن میں کون بڑا بیوقوف ہے۔

تشریف لیجانا: وہ عمل جو "تشریف لانے" سے زیادہ مشکل ہوتا ہے۔

تقریر: کچھ کہے بغیر متواتر بولتے چلے جانے کا فن۔

تان سین: آپ کے پڑوس میں رہنے والا وہ گویّا جو پکّا گانا گاتا نہیں، اس کی ٹانگ توڑتا ہے

تنخواہ: وہ چیز جس کے لئے مہینہ بھر انتظار کرنا پڑتا ہے اور جو ایک دن میں ختم ہو جاتی ہے اور جس پر وصل کے دن کی طرح یہ شعر صادق آتا ہے:

وصل کا دن اور اتنا مختصر
دن گنے جاتے تھے اس دن کیلئے

تفریح: دن رات اپنے ہم سالیوں کے طور طریقوں میں مین میکھ نکالنا۔

جرنلسٹ: وہ شخص جو ایڈیسن اور مارکونی سے بڑا موجد ہے کیونکہ وہ عجیب وغریب خبریں ایجاد کرتا ہے۔

جوتا: وہ چیز جسے چرانے کے لئے ہم مسجدوں اور مندروں میں جاتے ہیں۔

جوتشی: وہ آدمی جسے مستقبل کے متعلق اتنا ہی معلوم ہے جتنا آپ کو لیکن جو اس حقیقت کو تسلیم کرنے کے لئے تیار نہیں۔

جگت گرو: وہ دانشور جو بے تکی باتیں بنانے میں مہارت رکھتا ہے۔ لیکن کبھی کبھی غلطی یا اتفاق سے کوئی

چونکا دینے والی بات بھی کر سکتا ہے۔

جلوس: بہت سے سر پھروں کا مل کر گلیوں اور بازاروں میں چلنا اور چلّانا!

جمہوریت: وہ طرز حکومت جس میں سرکار سمجھتی ہے کہ تمام مسائل حل کرنے کی ذمہ داری جنتا پر عائد ہوتی ہے اور جنتا سمجھتی ہے۔ گورنمنٹ پر عائد ہوتی ہے۔

حسد: ایک قسم کا شکوہ کہ جیسے دوسرے ہیں ویسا میں کیوں نہیں یا جیسا میں ہوں ویسے دوسرے کیوں نہیں۔

حاضر جواب: وہ گنہگار جس سے خدا پوچھے گا "تمہیں جہنم میں کیوں نہ بھیجوایا جائے تاکہ دوسرے گنہگار عبرت پکڑیں"، تو جواب میں کہے گا "اے خدا! میرا گناہ تو میرے علاوہ بھی کئی لوگوں نے کئے ہیں تو اُن میں سے کسی ایک کو جہنم میں کیوں نہیں بھجواتا تاکہ میں عبرت پکڑوں" اور خدا اُس کے جواب سے اتنا خوش ہوگا کہ اُسے جنت میں بھجوا دیگا۔

دماغ: وہ بھوسہ جو اسّی فیصد لوگوں کی کھوپڑیوں میں بھرا ہوتا ہے۔

دوست: وہ شخص جسے مخاطب کرکے کہا جا سکتا ہے:

وہ ارمان جو نہ نکلے دشمنی سے
نکالے جا رہے ہیں دوستی سے

روزی: وہ چیز جو اگر خدا کی بجائے بندا بندوں کو دیتا تو آدھے سے زیادہ لوگوں کو ہر روز روزہ رکھنا پڑتا۔

راز: وہ بات جو ہم کسی شخص کو بتانے کے بعد اسے تاکید کرتے ہیں کہ کسی اور کو نہ بتائے۔ کیوں کہ جس شخص نے ہمیں یہ بات بتائی تھی۔ اس نے ہمیں بھی تاکید کی تھی۔

رتجگا: وہ شور و شغب جس کا اہتمام دیوی دیوتاؤں کو خوش کرنے کے لئے نہیں بلکہ ہمسایوں کی نیند حرام کرنے کے لئے کیا جاتا ہے۔

زبان: گوشت کا لوتھڑا جس کی لمبائی گز بھر ہو سکتی ہے۔ اگر وہ عورت کے منہ میں ہو۔

شرم: وہ جو تمام حیوانوں میں سے کبھی صرف انسان کو آیا کرتی تھی۔ مگر آج کل اسے کبھی نہیں آتی۔

شیخ چلی: وہ سادہ لوح جو اس لئے جان باز نہ ہو سکا کہ اسے اصلی پلاؤ پکانے کی توفیق نہیں تھی اور خیالی پلاؤ سے پیٹ نہیں بھرتا۔

شاعر: وہ شخص جس کا تکیہ کلام ہوتا ہے "عرض کیا ہے" اور جب وہ عرض کرنے پر آتا ہے تو عرض کیے چلا جاتا ہے۔

جدید شاعر: وہ شاعر جس کی شاعری نظم ہوتی ہے نہ نثر بلکہ بعض اوقات تو معمہ۔ پہیلی یا گورکھ دھندا تک نہیں ہوتی۔

صبر: بے بسی یا بے کسی کا پُر وقار نام۔

عمل: وہ جس کے بغیر کوئی چیز نہیں بن سکتی۔ بقول مجید لاہوری۔

عمل سے زندگی بنتی ہے جنت بھی جہنم بھی
اسی سے آدمی بنتا ہے اور اچار شلغم بھی

عشق: ایک قسم کی خود فریبی جس میں مبتلا ہو کر ایک نوجوان کسی خاص لڑکی کو باقی تمام لڑکیوں سے حسین سمجھتا ہے۔

طالب علم: وہ نوجوان جو علم نہیں ڈگری کا طالب ہے اور جس کا مقولہ ہے مفت ہاتھ آئے تو بُرا کیا ہے۔

فاختہ: ایک پرندہ جسے کبھی خلیل خاں اڑایا کرتے تھے لیکن جو اُن کی وفات کے بعد خود اُڑ رہی ہے۔

طنز: "جاہل" لفظ استعمال کئے بغیر کسی کو جاہل کہنا۔
ظریف: وہ شخص جو ہمیشہ کھری بات کہتا ہے لیکن لوگ سمجھتے ہیں مذاق کر رہا ہے۔
مجنوں: بیکار رہنے والا ایک نوجوان جس کی آنکھ میں نقص تھا۔ اور جس کو لیلیٰ جو بالکل کالی تھی گوری نظر آتی تھی۔
نابالغ: ستّر برس کا بوڑھا جو اختر شیرانی کی نظموں پر سر دھنتا ہے اور ریاض اور جلیل کے اشعار سُن کر وجد میں آ جاتا ہے۔
مشاعرہ: شعر خوانی کی وہ مجلس جس میں شعرا اصرار کرتے ہیں کہ سامعین بار بار "مکرر مکرر" کی صدائیں بلند کریں اور سامعین اصرار کرتے ہیں کہ شعرا کوئی کام کا شعر پڑھیں اور جو اسی کشمکش میں ختم ہو جاتی ہے۔
گناہ بے لذّت: مسجد یا مندر سے ایسا گھسا پٹا جوتا چرانا جسے مرمت کرانے کے بعد بھی پہنا نہیں جا سکتا
گھڑی میں تولہ گھڑی میں ماشہ: نئی شاعری جس میں ایک مصرع کا "وزن" ایک ماشہ اور دوسرے کا ایک تولہ ہوتا ہے۔
لنگور: وہ جانور جسے دیکھ کر کوئی بھی انسان غصّے کا

شکر بجالاتا ہے کہ وہ اُس سے کم بدصورت ہے۔
اور اگر نہیں ہے تو کم از کم اس کی دُم تو نہیں۔

نازک مسئلہ: وہ مسئلہ جو صنفِ نازک سے تعلق رکھتا ہو۔ جیسے چولی یا انگیا کا سائز!

نازک خیالی: کوئی ایسی بے تکی بات جیسے اگر آپ نظم کی بجائے نثر میں کہیں تو لوگ سمجھیں گے آپ بیٹھے بیٹھے پاگل ہو گئے ہیں۔

ہچکی: وہ آواز جو کسی کے یاد کرنے پر گلے سے رُک رُک کر نکلتی ہے اور اس وقت تک نکلتی رہتی ہے جب تک عاشق کا دم نکل نہیں جاتا۔ سند کے لئے ملاحظہ فرمائیے داغ دہلوی کا یہ شعر:

مجھے یاد کرنے سے یہ مدعا تھا
نکل جائے دم ہچکیاں آتے آتے

ویرانہ: وہ بڑا شہر جس میں کوئی انسان نہ ہو صرف آدمی ہی آدمی ہوں۔

وفا: وہ وصف جس کی ہم ہمیشہ دوسروں سے توقع کرتے ہیں۔

یار: وہ شخص جو سینے کی بجائے پیٹھ میں خنجر گھونپتا ہے۔ ●

●●

لغاتِ جدید تر

آنکھیں۔ وہ جو اگر آ جائیں تو زحمت۔ چلی جائیں تو مصیبت لڑ جائیں تو آفت اور لڑائی جائیں تو قیامت ہوتی ہے۔

آہ۔ وہ آنسو جو بھاپ میں تبدیل ہو گیا ہے۔

آدمی۔ دو ٹانگوں والا جانور جو لومڑ سے زیادہ مکار۔ بھیڑیے سے زیادہ خونخوار اور بیشتر جانوروں سے زیادہ نابکار ہوتا ہے۔

۲۔ دُم اور سینگ کے بغیر ایک مخلوق جو فرشتہ بن سکتی تھی لیکن انسان کبھی نہ بن سکی۔

آنسو۔ جنہیں بہائے بغیر عشق کیا جا سکتا ہے اور نہ ماتم (پڑی آسمان)۔ وہ ظالم جو شعرا۔ عشاق اور غربا کو کبھی چین سے نہیں بیٹھنے دیتا۔

آرام۔ وہ نایاب چیز جسے حاصل کرنے کے لئے انسان خود کشی تک کر لیتا ہے۔

انگڑائی - ۱- التفات کی تمہید
۲- ایک ادا جو خاموشی کی زبان میں بہت کچھ کہہ جاتی ہے۔

اُستاد- وہ شخص جو عموماً شاگرد سے عقل میں نہیں صرف عمر میں بڑا ہوتا ہے۔

اخبار- وحشت ناک خبروں کی فہرست جسے پڑھ کر انسان سوچتا ہے - یا اللہ یہ دُنیا کدھر جا رہی ہے۔

اخلاق- وہ کمزوری جس کے باعث آپ اندھے کو اندھا، کانے کو کانا اور اُلو کو اُلو نہیں کہہ سکتے۔

اُمید- خود فریبی کا دُوسرا نام۔

احسان- جو اگر کسی پر کیا جائے تو وہ آپ کو ساری عمر معاف نہیں کرتا۔

بہار- وہ موسم جس میں پھول کھلتے ہیں اور محکمہ انکم ٹیکس کا نوٹس آتا ہے کہ پچھلے سال کا انکم ٹیکس سرکاری خزانے میں فوراً داخل کرائیے۔

بے حیائی: ا- فضول کام کرنے پر کوئی کتنا ہی لعن طعن کرے پرواہ نہ کرنا بلکہ یہ کہنا۔

کیا ہوا لوگ اگر ہم کو گدھا کہتے ہیں
ہوتی آئی ہے کہ اچھوں کو بُرا کہتے ہیں

۲۔ ٹھکرائے جانے کے باوجود پھر اسی شخص کے پاس لوٹ آنا جس نے ٹھکرایا تھا اور کہنا۔

شاید مجھے نکال کر پچھتا رہے ہیں آپ
محفل میں اس خیال سے پھر آگیا ہوں

بکواس۔ آپ کی نگاہ میں آپ کے رقیب کی تحریریں اور تقریریں۔

بادشاہ۔ وہ سرپھرا جو اس غلط فہمی میں مبتلا ہے کہ اس کے علاوہ کوئی شخص حکومت کرنے کا اہل نہیں۔

بندر۔ وہ مخلوق جس پر اگر خدا تھوڑی سی محنت کرتا تو وہ انسان سے بہتر ثابت ہوتی۔

باورچی۔ وہ شخص جس کا آرٹ اس میں مضمر ہوتا ہے کہ ایک دن سالن میں نمک ضرورت سے زیادہ اور دوسرے دن ضرورت سے کم ہونا چاہیئے۔

پارسا۔ ایک قسم کا لائسنس یافتہ ریاکار۔

پیار۔ ہوس کا نہایت خوبصورت اور شاعرانہ نام!

پیغامبر۔ وہ شخص جو ثابت خط لے کر محبوب کے پاس جاتا ہے اور خط کے ٹکڑے واپس لاتا ہے۔

تغافل۔ ایک سزا جو جفا سے زیادہ اذیت ناک ہوتی ہے۔

توبہ۔ وہ عہد جسے کرنے کے بعد بہانے تلاش کیے جاتے ہیں کہ اسے کس طرح توڑا جائے۔

تکلف۔۔ایک رواج جسے ان دنوں گرانی کے باعث ترک کر دیا گیا۔
توند۔ کسی سیٹھ کا پیٹ جو دائی ہی سے نہیں کسی سے بھی چھپایا نہیں جا سکتا۔
جنگ۔ وہ خطرناک کھیل جو اپنے آپ اور دوسروں کو تباہ کرنے کے لئے کھیلا جاتا ہے اور جسے ایک بار کھیلنے کے بعد عزم کیا جاتا ہے کہ اسے پھر نہیں کھیلینگے۔ مگر جسے کچھ عرصہ کے بعد دوبارہ کھیلا جاتا ہے۔
جنّت۔ کبھی سسرال یا کشمیر کو کہتے تھے۔ آج کل کنیڈا کو کہتے ہیں۔
جوانی۔ عمر کا وہ حصہ جب آدمی کو خود پرستی کے دورے پڑتے ہیں
جنوں۔ جس میں کبھی صرف عشاق مبتلا ہوا کرتے تھے۔ مگر جس میں آج کل قریب قریب ہر نوجوان مبتلا ہے۔
جفا۔ وہ جو اگر کی جاتی ہے تو عشاق شکوہ کرتے ہیں کہ کیوں کی جاتی تو کہتے ہیں۔

اب جفا سے بھی ہیں محروم ہم اللہ اللہ
اس قدر دشمن ارباب وفا ہو جانا

حیا۔ پرانے زمانے کا ایک فیشن جو آجکل فیشن سے خارج ہے۔
خزاں۔ وہ موسم جس میں بار بار خودکشی کرنے کو جی چاہتا ہے۔
خدا۔ انسان کی وہ دلچسپ اور کارآمد ایجاد جسے کسی وقت بھی اپنی کم ہمتی اور ناکامی کے لئے ذمہ دار ٹھہرایا جا سکتا ہے۔

دوست :- ۱. وہ شخص جو کھلم کھلا نہیں چھپ کر وار کرتا ہے۔
۲۔ حسد۔ ہمدردی۔ نفرت اور محبت کا عجیب و غریب مرکب!

دِل۔ جس کا آنا یا جانا ہر دو لعنت ہے

دُعا۔ بے بس اِنسان کا آخری سہارا جو اکثر بودا ثابت ہوتا ہے۔

رقیب۔ وہ شخص جو اُس محبوبہ سے عشق کرنے کا اہل نہیں جسے آپ چاہتے ہیں۔

رِند۔ وُہ عجیب و غریب شخص جو آگ کو پانی سمجھ کر پی جاتا ہے۔

زندگی۔ ایک گورکھ دھندا جس کی تخلیق کرنے کے بعد خدا خود حیران ہے کہ اُسے کس طرح سلجھائے۔

زاہد۔ وہ شخص جس کا شغل ہی نہیں۔ پیشہ بھی رنگ میں بھنگ ڈالنا ہوتا ہے

سادگی۔ ۱۔ اپنی کھال اُتروا کر سمجھنا شاید اِس میں بھی میرا ہی بھلا ہے۔
۲۔ یک لخت امیر بن جانے کے بعد پرانے دوستوں سے ملاقات ہونے پر کہنا "آپ کو کہیں دیکھا ہے"

ساقی۔ مے خانے کا ایک کردار جس کا ذکر صرف کتابوں میں ملتا ہے۔

شام کا بھولا صبح گھر آئے تو اُسے بھولا نہیں کہتے۔ بلکہ یہ پوچھتے ہیں۔ آئے ہو وقتِ صبح رہے رات بھر کہاں؟

صبر۔ مجبوری اور بے بسی کا ایک اور نام۔
صیاد۔ وہ بے ہودہ شخص جسے خندہ کی بجائے گریہ پسند ہے
عبادت۔ وہ فعل جس سے خدا کے علاوہ اپنے آپ کا دھوکا دیا جاتا ہے۔
غالب۔ وہ بدنصیب شاعر جسے اپنی وفات کے ایک سو سال بعد مقبرہ نصیب ہوا۔
فلسفہ۔ کوئی ایسی بات جو نہ اس کی سمجھ میں آئی ہے۔ جو اُسے سمجھا رہا ہے اور نہ اُس کی سمجھ میں آئی ہے جو اُسے سمجھ رہا ہے۔ مگر جس کو پھر بھی پتے کی بات کہا جاتا ہے۔
فریاد: ایک دردناک صدا جو عموماً صدا بصحرا ثابت ہوتی ہے۔
قفس۔ زندگی۔ شادی اور دفتر کا ایک ہم معنی لفظ۔
کانفرنس۔ دانشمندوں کی وہ مجلس جو یہ طے کرنے کے لئے بلائی جاتی ہے۔ کہ فلاں مسئلہ کا کیا حل ہے۔ اور جو منتشر ہوتے وقت اس نتیجے پر پہنچتی ہے کہ اس مسئلہ کا کوئی حل نہیں۔
کام چور۔ ہر ساس کی نگاہ میں اس کی بہو۔ ہر بہو کی نگاہ میں اُس کی ساس۔
کمر۔ وہ جو ہوتی تو ہے۔ مگر نظر نہیں آتی کیونکہ شاعر کی آنکھ میں نقص ہوتا ہے۔
گھنٹہ گھر۔ وہ مینار جس پر ایسی گھڑی لگی ہوتی ہے جو عموماً بند

رہتی ہے یا غلط وقت بتاتی ہے۔
گرم ہونا۔ خاوند پر اس طرح برسنا کہ وہ ٹھنڈا ہو جائے۔
سند کے لیے ملاحظہ فرمایئے یہ شعر۔

خوب بھڑکایا تھا اس کو سوت نے
میں ہوئی جب گرم وہ ٹھنڈا ہو گیا

لب۔ جو اگر شیریں ہوں تو گالیاں کھانے کو جی چاہتا ہے۔
مالیخولیا۔ وہ دماغی مرض جس میں قریب قریب ہر بڑا افسر مبتلا ہوتا ہے۔
موت۔ جو جب کبھی آئے معلوم ہوتا ہے وقت سے پہلے آئی ہے۔
مسخرہ۔ وہ شخص جو نقاب کو نقاب سمجھتا ہے۔ چہرہ نہیں سمجھتا۔
نواب۔ کسی کبھی لکھنؤ کے اِکہ والے یا رکشا والے کا دادا یا پردادا
ناصح۔ ایک قسم کا بور جسے عشق سے الرجی ہوتی ہے۔
نیند۔ جو جب اُڑ جاتی ہے تو کسی طرح پکڑی نہیں جاتی۔
وفا۔ ایک خوبی جو انسان کی بجائے کتے میں پائی جاتی ہے۔
وصل۔ وہ مسرت جس کا تھوڑا اُس سے بہتر ہوتا ہے۔
ہما۔ ایک پرندہ جس نے اس لئے خود کشی کر لی کہ اگر اب وہ کسی شخص کے سر سے گزر جائے تو وہ بادشاہ نہیں بنتا۔ کیونکہ بادشاہوں کا زمانہ لد گیا۔

پاس۔ وہ کیفیت جس میں ہم متواتر اُس دروازے کی طرف دیکھتے ہیں۔ جو بند ہو گیا ہے۔ اُن دروازوں کی طرف نہیں دیکھتے جو کھل گئے ہیں۔

یاد۔ گڑے مُردے اُکھیڑنے کی عادت یا مرض۔

●●

چار فن کار

پہلے فن کار نے کہا، "میری رائے میں ایک فنکار اور ایک نااہل آدمی میں کچھ فرق ہونا چاہیے۔ دراصل ایک فن کار کے لیے کچھ حد تک پاگل ہونا ضروری ہے۔ سب سے بڑا فن کار وہ ہوتا ہے جو ننانوے فی صد پاگل ہو۔ شیکسپیئر نے کہا تھا: "جہاں تک تخیل کا تعلق ہے ایک شاعر اور ایک پاگل میں کوئی فرق نہیں ہوتا۔" میں جب تک فن کار نہیں تھا، دودھ کو دودھ اور پانی کو پانی کہا کرتا تھا۔ فن کار بننے کے بعد مجھے محسوس ہوا یہ میری غلطی تھی۔ دودھ یا پانی نام کی کوئی چیز نہیں۔ یہ سب نظر کا دھوکا ہے۔ اصل معنوں میں فنکار کہلانے کے لئے میں ان تمام چیزوں سے نفرت کرنے لگا۔ جنہیں تمام سمجھدار لوگ صدیوں سے پسند کرتے آئے ہیں۔ میں نے ادب کو ایک نیا نعرہ دیا "ہر پرانی چیز اگر فرسودہ نہیں تو بے ہودہ ضرور ہے اس لئے اسے ترک کر دینا چاہیے"۔ پچھلے دنوں کسی نے مجھ سے سوال کیا۔ "ہمالیہ، گنگا، تاج محل، اور آسمان کے متعلق کیا خیال ہے؟" میں نے جواب میں کہا۔ "یہ سب

بوڑھے ہو گئے ہیں، اب انہیں ریٹائر ہو جانا چاہیے اگر وہ ریٹائر ہونا نہ چاہیں تو اُن کا بائیکاٹ کر دینا چاہیے۔"

"کیا سورج۔ چاند اور ستارے بھی آپ کو اچھے نہیں لگتے؟"

"بالکل نہیں۔ اب ہمیں نئے سورج۔ نئے چاند اور نئے ستاروں کی ضرورت ہے"

"مگر موجودہ سورج۔ چاند اور ستاروں میں کیا نقص ہے؟"

"نقص یہ ہے کہ یہ صدیوں سے چلے آ رہے ہیں اور جو چیز صدیوں سے چلی آ رہی ہو۔ وہ ضرور فضول ہوتی ہے۔ میں تو یہاں تک کہوں گا کہ اب ہمیں ٹانگوں کی بجائے سر کے بل چلنا چاہیے۔ کیونکہ جب سے یہ دُنیا وجود میں آئی ہے ہم ٹانگوں پر چلتے آ رہے ہیں اور اسی طرح اب ہمیں ناک کی بجائے آنکھ سے چیزوں کو سونگھنا اور زبان کی بجائے کان سے چیزوں کو چکھنا چاہیے۔"

دُوسرے فن کار نے پہلے کی تاکید کرتے ہوئے فرمایا "آپ ٹھیک کہتے ہیں، میں تو اپنی نانی کو بھی نانی تسلیم نہیں کرتا کیونکہ اب وہ بوڑھی ہو گئی ہے۔ میں جب بھی اس کے چہرے کی طرف دیکھتا ہوں، سرد آہ بھر کے کہتا ہوں کاش وہ میری نانی نہ ہوتی خیر یہ تو ایک جملہ معترضہ تھا۔ میرے خیال میں اگر کوئی شخص عظیم شاعر بننا چاہتا ہے تو ضروری ہے۔ وہ ایک لمبی داڑھی کا مالک ہو۔ رابندر ناتھ ٹیگور اس لیے بڑے شاعر تھے کیونکہ اُن کی داڑھی بہت لمبی تھی۔ ٹینی سن کی داڑھی

ٹیگور کی داڑھی سے بھی کچھ لمبی تھی۔ داڑھی خدا کا نور ہی نہیں بلکہ ذہانت کی بھی علامت ہے کچھ بے سمجھ لوگ کہتے ہیں شعر تو شاعر کہتا ہے، داڑھی تو نہیں کہتی وہ اُن شاعروں کی مثالیں بھی دیتے ہیں جن کی داڑھی نہیں تھی۔ خاص طور پر وہ اقبالؔ اور فراقؔ گورکھپوری کا حوالہ دیتے ہیں۔ میں اُن سے صرف یہی کہوں گا: اگر اقبال اور فراقؔ کی داڑھی ہوتی وہ عظیم کی بجائے عظیم تر شعرا ہوتے داڑھی صرف شاعروں کے کام کی چیز نہیں۔ ڈراما نسٹ اور ناولسٹ بھی اس سے فائدہ اُٹھا سکتے ہیں جیسے کہ جارج برنارڈ شا اور چارلز ڈکنس نے اُٹھایا دراصل جب سے فن کاروں نے داڑھی سے مُنہ موڑا ہے۔ وہ رُو بہ تنزل ہیں۔ شکر کا مقام ہے آج کل داڑھی کو پھر فروغ حاصل ہو رہا ہے، چاہے اِس کی وجہ یہ بھی ہے کہ بلیڈ مہنگے ہو گئے ہیں۔ تاہم یہ ایک نیک فال ہے۔ جو اشخاص داڑھی سے محروم ہیں۔ جیسے جھوکرے یا غور ہیں اُنہیں چاہیئے لکھتے وقت داڑھی لگا لیا کریں۔ اُنہیں محسوس ہوگا کہ یک لخت اُنہیں نئے نئے خیال سوجھنے لگے ہیں اور وہ شاہکاروں کی تخلیق کرنے لگے ہیں۔

تیسرے فن کار نے دوسرے سے اتفاق کرتے ہوئے اِس رائے کا اظہار کیا: داڑھی رکھنے کے علاوہ ایک فن کار رند بلانوش بھی ہونا چاہیئے۔ اگر اس کے پاس شراب خریدنے کے لئے پیسے نہ ہوں تو اُسے غالب کی طرح قرض کی مے پینے سے احتراز نہیں

کرنا چاہیئے غالب اس لئے غالب تھے کہ ہر شب اتنی شراب پیا کرتے جتنی اُنہیں میسر آتی تھی۔ اگر وہ شراب کی بجائے لسّی یا شربت پی کر شعر کہا کرتے تو اُن کے شعروں میں وہ تیکھا پن نہ ہوتا جو اب ہے۔ یوروپ کے مصنّفوں کی کامیابی کا راز اس بات میں مضمر ہے کہ وہ اعلیٰ درجے کی شراب پیتے ہیں ہمارے شعرا کو اوّل تو شراب ملتی نہیں ہے، ملتی ہے تو اتنی تھرڈ ریٹ کہ اسے پی کر تھرڈ ریٹ اشعار ہی کہے جا سکتے ہیں۔ ہمارے شعرا بیشتر ادیا پانی پی کر غزلیں کہتے ہیں ظاہر ہے پانی پی کر کسی کو کوسا تو جا سکتا ہے لیکن اچھی غزل کی تخلیق نہیں کی جا سکتی یا زیادہ سے زیادہ ایسی غزل ہی جا سکتی ہے جسے پڑھ کر قارئین پانی پانی ہو جائیں۔ شراب اور شاعر میں چولی دامن کا ساتھ ہے۔ یہی وجہ ہے شراب کا تصوّر کرتے ہی دور کی کوڑی لاتے لگتا ہے۔ حافظ۔ عمر خیام۔ غالب۔ جوش ملیح آبادی اور اختر شیرانی کی شاعری کو چار چاند لگانے والی اگر کوئی چیز تھی تو وہ شراب ہی تھی۔ اختر شیرانی تو شراب کے اتنے دلدادہ تھے کہ ہر پندرہ منٹ کے بعد یہ نعرہ لگاتے :-

۵۔ غم زمانہ نہیں، اک عذاب ہے ساقی
شراب لا، میری حالت خراب ہے ساقی

جگر مراد آبادی نے ایک دفعہ کہا تھا:

سب کو مارا جگر کے شعروں نے　　　اور جگر کو شراب نے مارا

اُن کے شعروں نے سب کو اس لئے ملا کیونکہ وہ شراب پینے کے بعد لکھے گئے تھے۔ یہ صحیح ہے۔ شراب نے آخر انہیں مار ڈالا لیکن انہیں مرنا تو آخر تھا ہی۔ شراب نہ مار ڈالتی کوئی اور چیز جان لیوا ثابت ہوتی۔ آپ کہیں گے۔ اگر شراب پی کر ہر شخص شاعر بن سکتا ہے تو پھر ہر شرابی شاعر کیوں نہیں ہوتا۔ اس کی وجہ یہ ہے، شراب پینے کے بعد وہ شعر کہنے کی کوشش نہیں کرتا۔ واہی تباہی بکنے لگتا ہے یا بالکل خاموش ہو جاتا ہے"۔

چوتھا فن کار بولا: داڑھی اور شراب اپنی اپنی جگہ ٹھیک ہیں لیکن جب تک فن کار آوارہ گرد نہ ہو، وہ اعلیٰ درجے کے ادب کی تخلیق نہیں کر سکتا۔ ادب کے لئے خام مواد حاصل کرنے کے لیے ضروری ہے کہ اس کے پاؤں میں چکر ہو۔ چنانچہ اگر وہ آج دہلی میں ہے تو کل لکھنو میں اور پرسوں کلکتہ میں آزادی کے ساتھ آوارہ گردی کرنے کے لئے اسے شادی نہیں کرنا چاہیئے اور اگر غلطی سے کرے تو فوراً بیوی کو طلاق دے دینی چاہیئے اصل میں بیوی اور بچے ایک ادیب کے لئے سنگ راہ کی حیثیت رکھتے ہیں۔ اُسے جونہی کوئی نیا خیال سوجھتا ہے وہ کوئی فضول بات یا فرمائش کر کے اس کا سارا مزہ کرکرا کر دیتے ہیں۔ مثال کے طور پر وہ سوچ رہا ہوتا ہے۔ محبوب کی آنکھوں کو کس چیز سے تشبیہ دی جائے کہ لوگ پھڑک اُٹھیں۔ اتنے میں اس کی بیوی چلا کر کہتی ہے۔ "اجی سنتے ہو بھیرے

سینڈل کا سٹریپ پھر ٹوٹ گیا ہے۔ کسی موچی سے نیا سٹریپ ڈلوالائیے یا بچہ چیخ کر کہتا ہے: ابا! پیٹ میں درد پھر شروع ہو گیا ہے۔
ادیب کے لئے یہ بھی لازمی ہے کہ وہ طرح طرح کی عورتوں سے عشق کرے تاکہ عورت کی نفسیات کو سمجھ سکے۔ فرانس اور امریکہ میں کوئی ادیب اُس وقت تک ناول لکھنے کی جرأت نہیں کرتا جب تک وہ پندرہ بیس خوبصورت عورتوں سے عشق نہیں کرتا۔ ہمارے ادیب خیالی محبوبوں سے عالمِ تصوّر میں محبت کرنے کے بعد غزلیں کہتے ہیں اور پھر شکایت کرتے ہیں بات نہیں بنی۔ بات بن بھی کس طرح سکتی ہے۔ جب سرے سے انہوں نے خوبصورت عورت ہی نہیں دیکھی۔ اُن میں جو ذرا چالاک ہوتے ہیں وہ "انگور کھٹے ہیں" کے مصداق محبت سے دست بردار ہو جاتے ہیں اور اپنے آپ کو تسلی دینے کے لئے اس قسم کے شعر کہتے ہیں:۔

اور بھی دُکھ ہیں زمانے میں محبت کے سوا
راحتیں اور بھی ہیں وصل کی راحت کے سوا

••

ہم نے ایک سرائے کا اُدگھاٹن کیا

یہ سمجھتے ہُوئے کہ ہم اُدگھاٹن کرنے کے لیئے موزوں شخص ہیں۔ کیونکہ پچاس اسکولوں، پچیس گئوشالاؤں اور پندرہ یتیم خانوں کا ادگھاٹن کر چکے ہیں۔ ایک قصبہ کے لوگوں نے ہمیں ایک سرائے کے ادگھاٹن کرنے کی دعوت دی۔ ہمارا ادگھاٹن کرنے کا ڈھنگ سب سے نرالا اور انوکھا ہے عام طور پر ہم جس چیز کا اُدگھاٹن کرتے ہیں۔ اُس کے متعلق کچھ نہیں کہتے۔ مثلاً جب ہمیں ایک یتیم خانہ کا ادگھاٹن کرنے کا موقع مِلا ہم نے کہا:

"بہنو اور بھائیو! آپ سب کو یہ جان کر خوشی ہوگی۔ اِس سال آلو کی فصل اچھی ہوئی ہے. آلو ایک مکمل غذا ہے۔ لیکن اس میں وٹامن "سی" نہیں ہوتا۔ خیر اس کمی کی تلافی آلو کے بعد پیاز کھانے سے کی جا سکتی ہے۔ بزرگوں نے کہا ہے اگر آلو گلا سڑا نہ ہو تو اُسے نہ صرف خود کھا لینا چاہیئے بلکہ دوسروں کو بھی کھِلانا چاہیئے۔ شری کالو رام نے ایک مجھے ایک دفعہ بتایا تھا، جو شخص آلو نہیں کھاتا

وہ آلو اور کچالو میں تمیز نہیں کر سکتا۔ کچھ عورتوں کو آلو سے خواہ مخواہ کی "الرجی" ہوتی ہے۔ انہیں آلو بخارا کھانا چاہیئے۔ میں آپ سب کا شکر گزار ہوں، کہ آپ نے مجھے اِس یتیم خانہ کا ادگھاٹن کرنے کا موقع دیا مجھے بتایا گیا ہے۔ یہ یتیم خانہ لالہ پیالو مل نے اپنے دادا لالہ ٹالو مل کی یادگار میں بنایا ہے۔ میں بڑی خوشی سے اس کا ادگھاٹن کرتا ہوں"

ادگھاٹن کے بعد کچھ لوگ یہ کہتے سنے گئے۔ کیلا آلو کا یتیم خانہ سے کیا تعلق ہے یہ تو ماردں گھٹنا پھوٹے آنکھ والی بات ہوئی۔ لیکن ہم نے اُن کی بات پر دھیان دینا مناسب نہ سمجھا اور نہ ہی سوچا آئندہ اُدگھاٹن کرتے وقت احتیاط سے کام لیں گے۔

چنانچہ سرائے کا ادگھاٹن کرنے سے پہلے ہم نے کہا؛

"اعداد و شمار بتلاتے ہیں۔ اِس سال چوہوں کی تعداد میں پچاس فیصد اضافہ ہوا ہے۔ یہ ایک نہایت خطرناک صورت حال ہے پچھلے سال چوہے فصل کا دس فیصد چٹ کر گئے تھے۔ اس سال پندرہ فی صد ہضم کر جائیں گے۔ اگر اسی رفتار سے بڑھتے رہے تو برسوں کے بعد ساری کی ساری فصل کھا جایا کریں گے۔ اس صورت میں ایسا بھیانک قحط پڑے گا۔ جس میں چوہوں کے علاوہ کوئی جاندار زندہ نہ رہے گا۔ ضرورت اِس بات کی ہے کہ چوہے خاندانی منصوبہ بندی کے اصولوں پر عمل کریں۔ اگر وہ تھوڑے بچے پیدا کریں گے تو جہاں انھیں کھانے کو زیادہ ملے گا۔ وہاں اِنسانوں کا بھی بھلا ہوگا۔ بصورت دیگر

انہیں ختم کرنے کے لئے بلّیاں پالی جائیں گی۔ اور پھر بلّیوں سے نجات حاصل کرنے کے لئے گتّے اور کتّوں کو مارنے کے لئے لکڑ بگا۔

سامعین میں سے کسی نے اونچی آواز میں کہا:

"لیکن چوہوں کا سرائے سے کیا تعلق ہے؟" ہم نے یہ محسوس کرتے ہوئے کہ موضوع سے بھٹک گئے ہیں اور ہمیں سرائے کے متعلق بھی ایک آدھ جملہ کہنا چاہیئے تھا، فوراً پینترا بدلتے ہوئے کہا: بہنو اور بھائیو! ویسے تو یہ دُنیا ہی سرائے ہے۔ ہم مسافروں کی طرح اس میں آتے ہیں اور کچھ عرصہ کے بعد چلے جاتے ہیں۔ کسی شاعر نے کیا خوب کہا ہے:

عجب سرائے یہ فانی کہ جس میں شام و سحر
کسی کا کوچ کسی کا مقام ہوتا ہے

اس شاعر کے علاوہ بھگت کبیر نے بھی کہا ہے کہ انسان کا جسم ایک سرائے کی طرح ہے۔ کبیر بڑے پہنچے ہوئے سنت تھے۔ اُن کے دوہے بہت مشہور ہیں۔ ایک دفعہ وہ جلتی چتا دیکھ کر اداس ہو گئے تھے۔ کیونکہ انہوں نے دیکھا تھا کہ بال گھاس کی طرح جل رہے ہیں۔ ہڈیاں لکڑی کی طرح جل رہی ہیں۔ کبیر کی رائے میں انسان پانی کا ایک بلبلہ ہے وہ اس صبح کے ستارے کی طرح ہے۔ جو سورج کے چڑھنے پر غائب ہو جاتا ہے۔ ایک اور دوہے میں کبیر فرماتے ہیں......"

سامعین میں سے کسی اور شخص نے کہا: " چوہوں کے بعد بھگت کبیر! بھلا یہ کیا تک ہے؟"

ہم ذرا چونکنے ہو گئے۔ ہمیں خیال آیا اب موضوع بدل دینا چاہیئے۔ ہم نے ذرا کھانس کر گلا صاف کیا اور تقریر کو جاری رکھتے ہوئے کہا: بہنو اور بھائیو! امریکہ میں ایک کامیاب سیاستدان اُسے سمجھا جاتا ہے، جو لومڑ، بھیڑیئے اور مگرمچھ کا مرکب ہو۔ یعنی لومڑ کی طرح چالاک اور بھیڑیے کی طرح سفاک ہو اور مگرمچھ کی طرح جھوٹے آنسو بہا سکے۔ برازیل میں ایک عاشق کے لئے ضروری ہے۔ کہ وہ طوطے کی طرح طوطا چشم ہو اور کوّے کی طرح ہر وقت کائیں کائیں کر سکتا ہو۔ ہمارے ملک میں اُس شخص کو شاعر سمجھا جاتا ہے۔ جو رند بلا نوش ہو، کھویا کھویا نظر آتا ہو اور بہکی بہکی باتیں کرتا ہو"

سامعین میں سے چند اشخاص نے ہمیں ٹوکتے ہوئے کہا۔ "کوئی کام کی بات کیجیے۔ یونہی بے پر کی مت اڑائیے۔"

ہم نے جوش میں آکر زور سے میز پر مُکا مارا۔ اس کے بعد مکا ہوا میں لہرایا۔ اور اعتراض کرنے والوں کو مخاطب کرتے ہوئے کہا۔ "یہ کل کے چھوکرے سمجھتے ہیں ہمیں اُدگھاٹن کرنا نہیں آتا۔ ہم اُن کی واقفیت کے لئے بتا دینا چاہتے ہیں کہ ہماری ساری عمر اُدگھاٹن کرنے میں گذری ہے ہم دعوے سے کہہ سکتے ہیں کوئی شخص ہم سے بہتر اُدگھاٹن نہیں کر سکتا۔ پاکستان کے شاعر مجید لاہوری نے شاید ہمیں ہی پیش نظر

رکھتے ہوئے یہ اشعار کہے تھے :۔

رسیں کے گھوڑوں پہ بھی تقریر کر سکتا ہوں میں
اکبر و اقبال کی تفسیر کر سکتا ہوں میں
بات پھولوں کی ہو یا قومی ترانے کا بیان
چاٹ ہو بارہ مسالے کی کہ ہو اُڑدو زبان
کشتۂ فولاد ہو۔ یا شربت دینار ہو
ہے ضروری سب پہ میری رائے کا اظہار ہو

سامعین نے تالیاں پیٹ کر ہماری حوصلہ افزائی کی مترخص دم بخود رہ گئے۔ ادگھاٹن کے اختتام پر ایک قصبہ کا ڈیپوٹیشن ہم سے ملا اور درخواست کی کہ ہم اگلے مہینے کی دس تاریخ کو اُن کے قصبہ میں آکر ایک شمشان کا ادگھاٹن کریں۔

●●

اپنے ہمسائے سے

آؤ میاں سمجھوتہ کر لیں۔ آج تک ہم ایک دوسرے پر رعب جمانے کے لئے ایسی باتیں اور حرکتیں کرتے رہے ہیں۔ جنہیں فضول ہی نہیں مضحکہ خیز کہا جا سکتا ہے۔ لیکن سوال یہ ہے آخر ہم کب تک ایک دوسرے کو محض مرعوب کرنے کے لئے اپنی حیثیت سے زیادہ خرچ کرتے رہیں گے یا جھوٹ بول کر اپنی عاقبت خراب کیا کریں گے کیوں نہ ہم اس حقیقت کو تسلیم کر لیں۔ ہم دونوں میں سے کوئی بھی رئیس ابن رئیس نہیں بلکہ تم ایک معمولی تاجر ہو اور میں ایک معمولی معلم ہوں اور دونوں پچھلے پانچ برس سے ایک دوسرے کو دھوکہ دینے کی بیکار کوشش کر رہے ہیں۔ چنانچہ اگر تم کہتے ہو تمہارا بھائی دہلی میں مجسٹریٹ ہے تو میں تمہیں مطلع کرتا ہوں میرا بھائی الہ آباد ہائی کورٹ کا جج ہے۔ حالانکہ حقیقت یہ ہے تمہارا بھائی کسی مجسٹریٹ کا چپراسی ہے اور میرا کوئی بھائی ہی نہیں کیونکہ میں اپنے والدین کا اکلوتا بیٹا ہوں۔

دو سال ہوئے تم نے کہا تھا میں بیوی اور بچوں کے ساتھ کسی صحت افزا مقام غالباً "نینی تال" جا رہا ہوں۔ اور میں نے تمہیں بتلایا تھا۔ میں بھی بمعہ اہل و عیال اوٹا کمنڈ جا رہا ہوں۔ لیکن نہ تم نینی تال گئے اور نہ میں اوٹا کمنڈ۔ تم نے وہاں نہ جانے کا یہ بہانا ڈھونڈا کہ یک لخت تمہاری بیوی کی طبیعت خراب ہو گئی اور ڈاکٹر نے اُسے گھر پر مکمل آرام کرنے کے لئے کہا ہے۔ میں نے اوٹا کمنڈ نہ جانے کی یہ وجہ بتائی کہ میرے سالے کی شادی ہے اور مجھے اُس کا انتظام کرنا ہے۔ لطف یہ ہے کہ مجھے معلوم تھا تمہاری بیوی بھلی چنگی ہے اور تمہیں پتہ تھا میرے سالے کی شادی تو کیا ابھی سگائی تک نہیں ہوئی۔ پچھلے دنوں جب تم نے مجھ پر رُعب جمانے کے لئے قسطوں پر ایک فرج خریدا تو میری بیوی میرے سر ہو گئی کہ ہمارے گھر میں فرج ضرور ہونا چاہیئے چنانچہ نہ چاہتے ہوئے بھی مجھے فرج خریدنا پڑا۔ اب سنا ہے تم قسطوں پر ٹیلی ویژن سیٹ خریدنا چاہتے ہو۔ خدا کے لئے ایسا نہ کرنا۔ ورنہ میں تباہ ہو جاؤں گا۔ فرج کی قسط ہی بڑی مشکل سے ادا کرتا ہوں اور اگر ٹیلی ویژن کی قسط بھی ادا کرنی پڑی تو دیوالہ پٹ جائے گا۔ میں جانتا ہوں، کم و بیش تمہارا بھی یہی حال ہے۔ یعنی بقول شاعر:

تم مسکرا رہے ہو مگر جانتا ہوں میں
بہتر تمہارا حال نہیں میرے حال سے

یہ دوسری بات ہے کہ تم کھلے بندوں کبھی اس بات کا اعتراف

نہیں کرو گے کہ ہم دونوں ایک ہی ناؤ میں سوار ہیں۔

کبھی کبھی تم میرا قافیہ تنگ کرنے کی خاطر اپنی بیوی کے لیے قیمتی ساڑھی یا زیور لے آتے ہو۔ اُسے پہن کر جب تمہاری بیوی شیخی بگھارتی ہے۔ یہ ساڑھی پانچ سو میں آئی ہے۔ یہ زیور دو ہزار روپے کا ہے تو میری بیوی کے سینے پر سانپ لوٹنے لگتے ہیں اور وہ اُسی دن سے فرمائش کرنے لگتی ہے کہ اس سے قیمتی ساڑھی یا زیور لائیے، نہیں تو مجھے کھانا ہضم نہیں ہوگا اور نہ ہی نیند آئے گی!

گذشتہ اتوار کو تمہاری بیوی نے اپنے بچے کے جنم دن کے موقع پر پچیس عورتوں کو مدعو کیا۔ اب میری بیوی کا تقاضا ہے کہ دو ہفتوں کے بعد جب اپنے بچے کا جنم دن منائے، تو کم از کم پچاس عورتوں کو دعوت دے۔ ورنہ وہ سوسائٹی کی نظر سے گر جائے گی۔

ہر بات میں ایک دوسرے کو نیچا دکھانے کی تمنا یہ رنگ لائی ہے کہ اب بیماریوں کے معاملے میں بھی ہم ایک دوسرے سے بازی لے جانے کی کوشش کرنے لگے ہیں۔ چنانچہ میری بیوی کہتی ہے، کل رات منے کو ۱۰۴ ڈگری بخار تھا۔ بیچارہ ساری رات ہائے ہائے کرتا رہا۔ تو تمہاری بیوی فوراً منہ بنا کر جواب دیتی ہے۔ ۱۰۴ ڈگری بخار بھی کوئی بخار ہوتا ہے تین دن ہوئے ہماری بڑی منی بیمار پڑ گئی تھی تھرمامیٹر لگایا تو معلوم ہوا ۱۰۶ ڈگری بخار ہے۔ وہ چھ گھنٹے بے ہوش پڑی رہی لیکن میں ذرا بھی نہیں گھبرائی۔ ڈاکٹر تک کو ٹیلیفون نہیں کیا۔ سوچا بخار ہی تو ہے۔

خود بخود اتر جائے گا..... ایک دن تمہاری اور میری بیوی اس موضوع پر بحث کر رہی تھی کہ سوتے وقت تم زیادہ زور سے خراٹے لیتے ہو یا میں۔ تمہاری بیوی کہہ رہی تھی وہ جب خراٹے لیتے ہیں تو اُن کے خراٹوں کی آواز ایک فرلانگ سے سُنی جا سکتی ہے۔ میری بیوی اسے بتا رہی تھی ہمارا صاحب جب خراٹے لیتا ہے تو اُس کے خراٹوں کی آواز سول ہسپتال میں سُنائی دیتی ہے کئی بار ڈاکٹر ہمارے گھر یہ پوچھنے کے لئے آتے ہیں۔ کہ خیریت تو ہے؟

ہماری بیویوں کی دیکھا دیکھی ہمارے بچے بھی لاف زنی کی عادت کا شکار ہو گئے ہیں۔ اگر تمہارا بچہ کہتا ہے: مجھے ہر روز ۲ روپے بطور جیب خرچ ملتے ہیں، تو میرا بچہ اس کی بات کی مذاق اڑاتے ہوئے جواب دیتا ہے۔ اونہہ صرف دو روپے ہمیں تو ہر روز پانچ روپیہ ملتے ہیں اگر تمہارا بچہ کہتا ہے: میرے ڈیڈی کے پیٹ میں گڑبڑ رہتی تھی۔ ڈاکٹر نے اُس کا معائنہ کرنے کے بعد کہا ہے کہ اس کے پیٹ میں لمبے لمبے کیڑے ہیں، تو میرا بچہ اس کو مات دینے کے لئے فوراً یہ یہ کہانی گھڑتا ہے۔ تمہارے ڈیڈی کے پیٹ میں تو صرف کیڑے ہیں، ہمارے ڈیڈی کے پیٹ میں لمبے لمبے سانپ ہیں۔ اگر تمہارا بڑا لڑکا کہتا ہے۔ میرے باپ نے ایک دفعہ مٹی تیل بلیک مارکیٹ میں فروخت کر کے سات ہزار روپے کمائے تھے، تو میرا لڑکا اس سے بازی لے جانے کی نیت سے اُسے بتاتا ہے: میرے ڈیڈی نے ایک

مرتبہ سکول کے فنڈ سے دس ہزار روپے اُڑائے تھے۔

صورتِ حال اتنی نازک ہو گئی ہے کہ ڈر لگتا ہے کہ کسی دن ہم دونوں اپنے بچوں یا بیویوں کے بیانات کی بنا پر گرفتار نہ کر لئے جائیں، اِس لئے آؤ آج سے سمجھوتہ کر لیں کہ آئندہ نہ ہم اور نہ ہماری بیویاں اور نہ بچے ایک دُوسرے پر رُعب ڈالنے کی کوشش کریں گے بلکہ بڑی شرافت کے ساتھ تسلیم کر لیں گے کہ ہم دونوں معمولی حیثیت کے آدمی ہیں اور اگر ہم یہ سمجھتے ہیں کہ ہم رئیس ہیں تو ایک دوسرے کو نہیں صرف اپنے آپ کو دھوکا دے رہے ہیں۔

••

فضول صاحب اور اُن کے تلامذہ

"ہر شخص شاعر بن سکتا ہے" — یہ عنوان ہے ہمارے اس اشتہار کا جسے آپ اکثر اخبار میں پڑھتے ہیں، اور پڑھنے کے بعد سوچتے ہیں — ناممکن! شاعری تو خدا کی دین ہے بھلا ہر شخص کیسے شاعر بن سکتا ہے۔ جب بیشتر اشخاص ایک مصرع موزوں کرنا تو کجا ایک صحیح فقرہ تک نہیں لکھ سکتے۔ شاعری بچوں کا کھیل نہیں۔ اگر ہوتی میر ایسے قادر الکلام شاعر کو یہ کہنا نہ پڑتا۔

مصرع کوئی کوئی کبھی موزوں کروں ہوں میں
کس خوش سلیقگی سے جگر خوں کروں ہوں میں

آپ ٹھیک کہتے ہیں لیکن ہم ہر شخص کو میر تقی میر بنانے کا دعوےٰ کرتے ہیں۔ اور ثبوت اِس بات کا یہ ہے کہ اس وقت ہمارے ایک ہزار کے قریب شاگرد ہیں۔ جن میں سے کم از کم ڈیڑھ سو کو اُستاد

تسلیم کیا جا سکتا ہے۔ ہمارے شاگردوں کی پہچان یہ ہے وہ اپنے تخلص کے ساتھ ”فضولی“ ضرور لکھتے ہیں۔ جیسے بیزار فضولی بیکار فضولی وغیرہ وغیرہ یاد رہے ہمارا تخلص فضولی ہے اور اس رعایت سے ہمارے شاگرد فضولی کہلاتے ہیں۔

شاید آپ پوچھنا چاہیں گے کیا ہم نے شاعری سکھانے کا کوئی اسکول یا کالج کھول رکھا ہے جس کے ہم بیک وقت چپراسی، پروفیسر اور پرنسپل ہیں؟ جی نہیں۔ ہم تو صرف اخبار میں اشتہار دیا کرتے ہیں۔ اگر اخبار غور سے پڑھتے ہیں تو آپ کی نظر سے بھی گزرا ہوگا۔

انسانی نفسیات کا مطالعہ کرنے کے بعد ہم اس نتیجے پر پہنچے ہیں کہ پرائمری اور مڈل اسکولوں میں کام کرنے والے مدرس، میٹرک پاس کلرک اور بینکوں اور ڈاک خانوں کے وہ ملازمین جنہیں کسی وجہ سے بہتر گریڈ نہیں مل سکا شاعر بننے کے خواہش مند ہوتے ہیں۔ بس یہی ہمارے طلبہ یعنی گاہک ہیں۔ قریب قریب یہ سب احساسِ کمتری کے شکار ہوتے ہیں۔ جس کی تلافی وہ شاعر بن کر کیا کرتے ہیں۔

چنانچہ اُن میں سے جب کسی کو شاعر بننے کا شوق چراتا ہے وہ ہماری طرف رجوع کرتا ہے۔ ہم اُس کا خیر مقدم کرتے ہوئے کہتے ہیں۔ چشم ما روشن، دل ما شاد! ہم اُسے ایک فارم جس کی قیمت دس روپے ہے بذریعہ وی پی بھجوا دیتے ہیں۔ وہ اسے بھر کر ہمیں واپس کر دیتا ہے۔ ہم صرف اس کے اندراج کو غور سے پڑھتے

ہیں۔ جس میں اُس کی مالی حالت کے متعلق دریافت کیا گیا ہے اور یہ جان کر کہ وہ مدرس یا کلرک ہونے کے علاوہ زمین یا جائیداد کا مالک بھی ہے ہمیں بے حد مسرت ہوتی ہے۔ کیونکہ اس کا مطلب یہ ہوتا ہے وہ ہماری فرمائش پوری کرنے کی اہلیت رکھتا ہے۔ اب ہم اسے ایک کتابچہ بھجواتے ہیں۔ جس کی قیمت بیس روپے مقرر کی گئی ہے۔۔۔۔۔
جس میں اُردو شاعری کی مشہور ''بحروں''، اصناف اور اصطلاحات کی تشریح کی گئی ہے اور یہ تمام معلومات ہم نے ایک مشہور شاعر (جو اب مرحوم اور مغفور ہو چکا ہے) کی تصنیف سے چرائی ہیں، ورنہ سچ تو یہ ہے ہمارے فرشتے تک نہیں جانتے کہ ایک بحر اور دوسری بحر یا ایک رباعی اور ایک قطعہ میں کیا فرق ہوتا ہے۔ جب ہمارا کوئی نیا شاگرد یہ شکایت کرتا کہ کتابچہ پڑھنے کے باوجود بحور سے متعلق کوئی بات اس کی سمجھ میں نہیں آتی۔ ہم اسے لکھ بھیجتے ہیں ''کم و بیش تمام شعرا کا یہی حال ہے اور تو اور مولانا جلال الدین رومی کو یہ کہنا پڑا۔

شعر میگویم بہ از آب حیات
من ندانم فاعلاتن فاعلات

اس لئے آپ کو گھبرانے یا مایوس ہونے کی ضرورت نہیں۔ دو ایک بحروں کے نام یاد رکھیے۔ محض دوسروں پر رُعب ڈالنے کے لئے اور مشقِ سخن جاری رکھیئے۔ اصلاح کے لئے اپنا کلام باقاعدگی سے

بھجواتے رہیئے۔ انشاء اللہ کچھ عرصہ کے بعد آپ کا شمار لائق قدر شعرا میں ہونے لگے گا۔"

شاگردوں کے کلام کی اِصلاح کے لئے ہم نے دو تُک بندوں کی خدمات حاصل کر رکھی ہیں۔ اُن میں سے ایک دہلوی ہے اور دُوسرا لکھنوی۔ شاعری کے متعلق تو وہ اِتنا ہی جانتے ہیں۔ جتنا ہم لیکن پھر بھی ہم سے اچھے ہیں۔ کیوں کہ تک سے تک ملا کر شعر مکمل کر لیتے ہیں۔ نیز انہیں گمنام شعرا کے سینکڑوں اشعار زبانی یاد ہیں جنہیں ہمارے شاگردوں کی غزلوں میں شامل کر کے اُن کو چار چاند لگا دیتے ہیں۔

کلام کی اصلاح کے لئے ہم کوئی فیس وصول نہیں کرتے۔ ہاں گاہے گاہے ہر ایک شاگرد سے اس قسم کی فرمائش ضرور کیا کرتے ہیں۔

"اُن دنوں کالی کھانسی میں مبتلا ہوں۔ یہی وجہ ہے آپ کی غزل کی نوک پلک سنوار نہیں سکا۔ ڈاکٹر نے خالص گھی استعمال کرنے کا مشورہ دیا ہے لیکن یہاں خالص گھی نایاب ہے۔ سُنا ہے آپ کے شہر میں مِلتا ہے اگر زحمت نہ ہو کسی آتے جاتے کے ہاتھ چار کلو خالص گھی بھجوا دیجئے۔"

"آپ کو یہ پڑھ کر خوشی ہو گی کہ عزیزہ نصرت آجالو کو اللہ نے چاند سا بیٹا دیا ہے۔ اس مُبارک موقع پر اُسے کچھ دینا چاہتا

ہوں۔ لیکن بدقسمتی سے ہاتھ تنگ ہے۔ کیا آپ کچھ دستگیری کریں گے؟"

"عزیز یوسف کو میڈیکل کالج میں داخل کرانا ہے۔ داخلے کے لئے ایک ہزار روپے درکار ہیں۔ آپ تو جانتے ہیں۔ میرا بینک بیلنس صفر ہے۔ آپ جیسے احباب کی مدد سے ہی داخلہ ادا کیا جا سکے گا۔ کہیے اس معاملہ میں آپ میری کتنی مدد کر سکیں گے؟"

"ایک دفعہ آپ نے ملیح آباد کے آموں کا ذکر کیا تھا اور شاید وعدہ بھی کہ اس سال آپ مجھے آم ضرور بھجوائیں گے۔ معلوم ہوتا ہے مصروفیت کی وجہ سے آپ اپنا وعدہ ایفا نہیں کر سکے کیا میں امید کروں کہ آپ اپنی اگلی غزل کے ساتھ آموں کا ٹوکرا بھی بھجوا رہے ہیں۔"

"مفلسی میں آٹا گیلا۔ میں تو بیمار تھا ہی اہلیہ محترمہ کی طبیعت بھی ناساز ہو گئی۔ حکیم صاحب نے نہایت قیمتی دوا کھانے اور روزانہ ڈیڑھ کلو دودھ پینے کے لئے کہا ہے ظاہر ہے ان دونوں مقاصد کے لئے روپے کی ضرورت پڑے گی اگر مناسب سمجھیں تو کچھ بھجوا دیں۔ میں انتظار کروں گا۔"

خدا کا شکر ہے ہمارے سب شاگرد سعادت مند واقع ہوئے ہیں۔ اس لئے انھیں جونہی ہمارا خط ملتا ہے وہ فوراً انھیں معقول رقم یا مطلوبہ چیز بھجوا دیتے ہیں۔ آپ یہ سُن کر حیران

ہوں گے کہ ہمارے گھر میں کوئی ایسی چیز نہیں جسے ہم نے اپنے پیسوں سے خریدا ہو۔ اگر غالیچہ غلاف تکیہ فضولی نے بھجوایا تھا تو کرسیاں کرتار فضولی نے کرتار پور سے لا کر دی تھیں۔ ٹی سیٹ مسز فضولی کی دین ہے اور ٹیبل لیمپ جناب ذوالنون فضولی نے پیش کیا تھا۔

کچھ حاسد اور تنگ نظر قسم کے لوگ ہم پر اعتراض کرتے ہیں کہ ہم خواہ مخواہ لوگوں کو بیوقوف بنا رہے ہیں یا اُلو بنا رہے ہیں ہم ہمیشہ ان کی خدمت میں یہ عرض کیا کرتے ہیں "جس طرح تُک بند" سے شاعر ہونا اچھا ہے۔ اسی طرح کچھ نہ ہونے سے تُک بند ہونا اچھا ہے۔

پھر جب ہمیں اور ہمارے شاگردوں کو کوئی اعتراض نہیں تو آپ لوگوں کو کیوں یہ فکر دن رات کھائے جا رہا ہے کہ شاعروں کی بجائے ہم تُک بندوں کی فوج تیار کر رہے ہیں۔"

لیکن سب لوگ معترض نہیں ہوتے۔ کچھ ہمدرد بھی ہوتے ہیں اسی قسم کے ایک مہربان نے ہماری حوصلہ افزائی کرتے ہوئے ایک بار کہا تھا۔ اور ٹھیک تو ہے۔ بجا کہا تھا "فضول صاحب! آپ پرواہ نہ کیجئے کوئی جلتا ہے تو اسے جلنے دیجئے۔ آپ شاعری اور تُک بندی کی بخشش دیتے رہیے اپنے حلوے مانڈے سے کام رکھیئے۔ باقی رہے معترضین تو ان کا منہ بند کرنے کے لئے عرفی کے اس مصرع کا استعمال کیا کیجئے:

آواز سگاں کم نہ کند رزق گدا را

مشورہ ہمسائے کو!

حضور! یہ ٹھیک ہے آپ کے اور ہمارے گھر کے درمیان صرف ایک دیوار ہے لیکن یہ ٹھیک نہیں کہ آپ ہمیشہ دیوار کے ساتھ کان لگا کر وہ گفتگو سُننے کی کوشش کریں، جو میں اپنی بیوی سے کر رہا ہوں اور جب آپ کو گفتگو کا کوئی حصّہ صاف سُنائی نہ دے۔ اپنی بیوی سے کہیں وہ کچھ کہہ تو رہا ہے لیکن پتہ نہیں چلتا کیا کہہ رہا اور آپ کی یہ بات سُن کر مجھے اُس دیہاتی کا قصّہ یاد آ جائے جو اپنی بیوی کو فلم دکھانے کے لئے لے گیا۔ جب فلم شروع ہوئی وہ اپنی بیوی سے بلند آواز میں اِدھر اُدھر کی باتیں کرنے لگا۔ اُس کے پیچھے بیٹھے ہوئے ایک شہری نے شکایت آمیز لہجے میں کہا "مسٹر آپ دونوں باتیں کر رہے ہیں، مجھے کچھ سنائی نہیں دیتا۔" دیہاتی نے اُسے جھڑکتے ہوئے جواب دیا "معاف کیجیے! آپ کو وہ باتیں سُننے کا کوئی حق نہیں، جو میں اپنی بیوی سے کر رہا ہوں یہ ہماری نجی باتیں ہیں۔ اگر آپ کو سُنائی نہیں دیتیں تو شکایت کرنے

کی بجائے آپ کو چپ رہنا چاہیئے۔

جو مشورہ اُس دیہاتی نے شہری کو دیا تھا وہی میں آپ کو دینا چاہتا ہوں یہ تو صحیح ہے کہ دیواروں کے بھی کان ہوتے ہیں لیکن اگر دیواریں بہری ہوں، تو اُنہیں زیادہ پسند کیا جاتا ہے۔

ایک حد سے موٹی فلم ایکٹرس کو

محترمہ! جب آپ کو پہلے پہل فلموں میں کام کرتے دیکھا تھا تو آپ کا اُوٹا سا قد، چھریرا بدن اور بھولی سی صورت دیکھ کر بے اختیار مجروحؔ کا یہ شعر یاد آگیا تھا۔

دل کو کوئی بچا سکے کیونکر
اس کے انداز ہیں قیامت کے

مگر خدا جانے یہ بمبئی کی آب و ہوا کا اثر ہے یا اس چربی والی خوراک کا جسے آپ بڑی رغبت سے کھاتی ہیں کہ اب آپ ایک نازک اندام حسینہ کی بجائے ہتھنی نظر آنے لگی ہیں۔ پہلے جب آپ ہنستی تھیں معلوم ہوتا تھا کہیں سونے کی گھنٹیاں بج رہی ہیں۔ اب ہنستی ہیں تو لگتا ہے نزدیک کہیں ڈھول بج رہا ہے۔ اب جب کبھی آپ مسکراتی ہیں آپ پہلے کی نسبت زیادہ بدصورت نظر آتی ہیں اس حالت میں ہیرو آپ سے خاک محبت کر سکے گا۔ اتنا تو آپ بھی جانتی ہوں گی کہ عشق چاہے وہ فلمی عشق ہی کیوں نہ ہو، محبوبہ سے کیا جاتا ہے۔ اماں سے نہیں

کیا ہی اچھا ہو اگر آپ فلم انڈسٹری سے ریٹائر ہو کر بیتولن بن جائیں اور اگر آپ کو یہ مشورہ پسند نہیں تو کسی سرکس میں نوکری کر لیں، جہاں دیگر عجیب و غریب جانوروں کے ساتھ آپ کی بھی نمائش کی جا سکے۔

ایک ظالم ساس کو

آپ اکثر کہا کرتی ہیں کہ جب میں بہو تھی، مجھے کام کی ساس نہ ملی اور جب میں ساس بنی مجھے کام کی بہو نہ ملی حقیقت یہ ہے کہ آپ میں ایک آدرش بہو یا آدرش ساس بننے کی اہلیت ہی نہیں آپ ہر روز مندر میں ست نارائن کی کتھا سننے جاتی ہیں لیکن مندر سے واپس آ کر اپنی بہو کی ایسی خبر لیتی ہیں کہ بیچاری کو خدا یاد آ جاتا ہے۔ پہلے اُسے اس قسم کے طعنے دیتی ہیں جنہیں سُن کر اس کا کلیجہ چھلنی ہو جاتا ہے۔ "وہ تمہاری ماں نے تمہیں بہت کچھ سکھایا مکر کرنا سکھایا۔ دھوکا دینا سکھایا۔ جھوٹ بولنا سکھایا۔ لیکن اگر ایک چیز نہیں سکھائی تو وہ ہے بڑوں کی عزت کرنا۔ اوچھے خاندان کی لڑکیاں چاہے کتنی ہی تعلیم یافتہ ہوں اوچھی ہی ہوتی ہیں۔" اگر وہ پروٹسٹ کرتی ہے تو آپ اُسے بیدردی سے پیٹتی ہیں اور جب اُس کا خاوند دفتر سے گھر آتا ہے اُسے پٹی پڑھاتی ہے کہ ایسی بے شعور بیوی کو طلاق دینے میں ہی بھلائی ہے۔ ہمارا آپ کو مشورہ ہے۔ یا تو

ست نارائن کی کتھا سننا بند کر دیں یا اپنی بہو کو مارنا پیٹنا بند کر دیں۔ ورنہ لوگ کہیں گے آپ وہ چکنا گھڑا ہیں۔ جس پر ست نارائن کی کتھا کی بوندیں پڑتے ہی پھسل جاتی ہیں۔

ہلڑ کا مچانے والے شرابیوں کو

آپ ہر رات شراب پینے کے بعد محلّے میں ہنگامہ برپا کرتے ہیں۔ زور زور سے چیختے ہیں، جانوروں کی بولیاں بولتے ہیں۔ خاص کر بکرے کی آواز کی نقل کر کے بہت خوش ہوتے ہیں۔ آپ کو شاید معلوم نہیں کہ گیا گزرا بکرا بھی اتنا خوددار ہوتا ہے کہ وہ صرف اپنی بولی بولتا ہے۔ انسان کی بولی نہیں بولتا۔ کیا آپ بکرے سے بھی گئے گزرے ہیں؟ اگر آپ نشے میں اگر میر کا یہ مصرع تھوڑی سی تبدیلی کے ساتھ گنگنایا کرتے ہیں۔

یارو مجھے معاف رکھو میں نشے میں ہوں

آپ نے اپنے آپ کی نازیبا حرکتیں دیکھ کر آپ کو کون معاف کر سکتا ہے۔ آپ کی اس دلیل میں کوئی وزن نہیں کہ اگر آپ شراب پینے کے بعد بے ہودہ حرکتیں کریں تو شراب کی بجائے پانی ہی نہ پی لیا کریں۔ آپ کو شاید علم ہوگا آج کل شراب پانی سے بھی زیادہ پی جا رہی ہے۔ اس لئے اگر آپ شراب پیتے ہیں کوئی بڑا تیر نہیں مارتے۔ ہزاروں لوگ ہندوستان اور دوسرے ملکوں میں شراب پیتے ہیں۔ اگر

وہ سب آپ کی طرح ہلڑ مچائیں تو ہر محلہ پاگل خانے کا منظر پیش کیا کرے۔ آپ کو ہمارا مشورہ ہے اگر آپ شراب پینے سے توبہ نہیں کر سکتے تو کم از کم شراب پینے کے بعد غیر مہذب حرکتیں کرنے سے توبہ کر لیں۔

ملاوٹ کرنے والے کو!

سُنا ہے آپ کھانے پینے کی چیزوں اور ادویہ میں ملاوٹ کرنے کے فن میں ماہر ہیں۔ ہلدی میں مکی کا آٹا اور بنفشے میں سوکھی گھاس اس ہوشیاری سے ملاتے ہیں کہ کسی کو پتہ نہیں چلتا اکثر کیپسولوں میں دوا کی بجائے میدہ یا میٹھا سوڈا بھر کر ان پر قیمتی اور مشہور دواؤں کے نام لکھ دیتے ہیں ملاوٹ کرنے کے حق میں آپ یہ دلائل دیتے ہیں۔

۱۔ انگریزی دوائیں حد سے زیادہ گرم اور خشک ہوتی ہیں۔ اگر اُن میں ملاوٹ کی جائے تو وہ معتدل ہو جاتی ہیں۔

۲۔ سنکھیا میں ہم اس لئے ملاوٹ کرتے ہیں۔ تاکہ اُسے کھا کر کوئی شخص خودکشی نہ کر سکے۔

۳۔ کھانڈ میں آٹا اس لئے ملاتے ہیں تاکہ اُن لوگوں کی فائدہ پہنچے جو ذیابیطس کے مرض میں مبتلا ہیں۔ آپ کی یہ ساری دلیلیں فضول اور بے معنی ہیں۔ دراصل آپ زیادہ سے روپیہ کمانے کے لئے چیزوں میں ملاوٹ کرتے ہیں۔

آپ اُس ڈاکو سے بدتر ہیں جو پستول دکھا کر روپیہ

اور زندگی میں سے ایک چیز کا مطالبہ کرتا ہے — کیونکہ آپ دونوں چیزیں چاہتے ہیں۔

آپ کو ہمارا مشورہ ہے کہ اگر آپ قانون سے نہیں ڈرتے تو بمراج سے ڈریں۔ وہ آپ کو کبھی معاف نہیں کرے گا کیونکہ آپ میں اور قاتل میں زیادہ فرق نہیں۔

●●

جب اُنہوں نے کالج کھولا

وہ تعداد میں نو تھے۔ اکبر کے نورتنوں کی طرح اِبے تکلف دوستوں کی محفل میں اُن کا تعارف اِن الفاظ میں کرایا جاتا ہے۔ آپ سے ملیے۔ آپ لالہ دھاڑومل ہیں۔ بھینسوں کی خرید و فروخت کرتے ہیں۔ پچھلے بیس سال سے دودھ میں پانی مِلا کر بیچ رہے ہیں۔ اِس منافع بخش بیوپار سے اُنہوں نے لاکھوں کمائے ہیں...... اور انہیں کاٹرچند کہتے ہیں ان کی سٹیشنری کی دُکان ہے۔ یہ مشہور و معروف "طوطا مینا" کاپیاں جن کے ٹائیٹل پر طوطا مینا کی تصاویر ہوتی ہیں، فروخت کرتے ہیں۔ اور ان کا نام امرناتھ ہے۔ آپ مونگ پھلی کے بیوپاری ہیں۔ اِنہیں شہر کا بچہ بچہ جانتا ہے کیونکہ کس بچے کو مونگ پھلی کھانے کا شوق نہیں ہوتا؟ اور یہ ہیں چودھری فتح چند آپ بالکل اَن پڑھ ہیں اور بنولوں کا بیوپار کرتے ہیں.... اور آپ بنارسی داس کہلاتے ہیں اور اِن کی شکل و صورت بنارسی ٹھگوں سے ملتی جلتی ہے۔ آپ انیم دچرین کی سمگلنگ کرتے ہیں.... ٹی جے دلو کبھی تعارف کے محتاج نہیں۔ آپ شراب کے سب سے بڑے ٹھیکے ے

مالک ہیں۔ اور ہر وقت نشے میں دُھت رہتے ہیں۔ پنڈت دھیان چند ایک بے کار نوجوان ہیں۔ جن کے والد بھی عمر بھر بیکار رہے۔ منشی دینا ناتھ جی ہیں جو ایک کم نام وکیل کے منشی رہے ہیں۔ اور پھر سردار پستہ سنگھ پستہ ہیں جن کا قد ایک میٹر ہے اور جو کھانے پینے کی چیزوں میں ملاوٹ کرنے کے فن میں ماہر ہیں۔ بنفشہ میں سوکھی گھاس اور پسے ہوئے نمک میں آٹا اس صفائی کے ساتھ ملاتے ہیں کہ عقل دنگ رہ جاتی ہے۔

ایک رات کو جب لالہ چھجو مل کو نیند نہیں آ رہی تھی اور وہ بستر پر کروٹیں بدل رہے تھے انہیں یک لخت الہام ہوا کہ قصبہ میں کالج کھولنا چاہیئے۔ آدھی رات کے بعد انہیں نیند آ گئی اور انہوں نے خواب میں دیکھا انہوں نے قصبہ میں کالج کھول دیا ہے۔ جس میں تعلیم حاصل کرنے کے لئے انگلینڈ، فرانس اور امریکہ کے طلبا بیقرار ہیں جب صبح ہوئی انہوں نے کانشی چند۔ امر ناتھ اور فتح چند کو اپنے گھر بلوا بھیجا اور انہیں دودھ کہ جس میں پچہتر فی صد پانی تھا پیش کرنے کے بعد کہا۔ "کتنی عجیب بات ہے ہمارے قصبہ میں کوئی کالج نہیں"۔ لالہ کانشی چند نے ٹھنڈا سانس بھرتے ہوئے جواب دیا۔ "اگر کالج ہوتا۔ ہماری طوطا مینا کی کاپیاں ہزاروں کی تعداد میں بکا کرتیں"۔ چودھری فتح چند بولے "اگر کالج نہیں تو کیا ہوا بنولے نکالنے کی مشین تو ہے"۔ لالہ امرناتھ نے بحث میں حصہ لیتے ہوئے فرمایا "قوم کو بنولوں کی نہیں ڈونگ پھلی کی ضرورت

ہے ،، چنانچہ کوئی فیصلہ کئے بغیر اجلاس ملتوی ہو گیا۔

دوسرے اجلاس میں باقی نو رتنوں کو بھی شامل ہونے کی دعوت دی گئی۔ خوب گرما گرم بحث ہوئی۔ بخشی جے دیو کالج کھولنے کے حق میں تھے بشرطیکہ اُن کے لڑکے کو جو مڈل فیل تھا کالج میں ہیڈ کلرک لگا دیا جائے نیز کالج کے پروفیسروں کو اُن کے ٹھیکے سے شراب خریدنے پر مجبور کیا جائے۔ شری بنارسی داس کا خیال تھا کالج کھولنے کی بجائے نوجوان کو افیم اور چرس کی سمگلنگ کرنے کی تربیت دینی چاہیئے کا تر چند چاہتے تھے کالج کے طلباء کے لئے یہ لازمی قرار دیا جائے کہ وہ صرف طوطا مینا کاپیاں ہی خریدیں گے لپتہ سنگھ کا مطالبہ تھا۔ سب پروفیسر کھانے پینے کی چیزیں اُن کی دکان سے ہی خریدیں۔

تیسرے اجلاس میں کالج کھولنے کا فیصلہ کیا گیا۔ لالہ بنارسی داس نے کالج کے لئے زمین دینے کا اس شرط پر اعلان کیا کہ عمر بھر وہ مینجنگ کمیٹی کے پردھان رہیں گے اور ان کی وفات کے بعد ان کا لڑکا پردھان بنے گا۔ لالہ جھاڑو مل کالج کے لئے ہال بنوانے پر رضا مند ہو گئے بشرطیکہ اس کا نام اُن کے پتا کے نام پر ”کوڑا مل ہال“ رکھا جائے۔ امرناتھ اور فتح چند نے کالج کے کمرے بنوانے کا وعدہ کیا بشرطیکہ کالج میں چپڑاسی اُن کی مرضی سے لگائے جائیں۔ باقی نو رتنوں نے دو ایک شرطیں منوانے کے بعد کالج کی مدد کرنے کی حامی بھری

کالج کا نام "گنڈامل جھنڈامل" کالج رکھا گیا۔ گنڈامل اور جھنڈامل قصبہ کے دو غنڈے تھے جن سے شریف آدمی پناہ مانگتے تھے۔

شری گنگا دھر پاٹھک کو پرنسپل مقرر کیا گیا۔ انہوں نے ایم۔ اے۔ ہندی کا امتحان تھرڈ ڈویژن میں پاس کیا تھا۔ اس پر ستم یہ کہ حد سے زیادہ بدصورت تھے۔ لالہ جھاڑو مل کا خیال تھا پرنسپل اُس شخص کو لگانا چاہیئے جسے اندھیرے میں ہی نہیں اُجالے میں بھی دیکھ کر آدمی بے ہوش ہو جائے۔ کا ڑ چند نے اُنہیں اس لئے پسند کیا تھا۔ کیونکہ اُنہوں نے طوطا مینا کا بیوں کی سرپرستی کرنے کا وعدہ کیا تھا۔ امرناتھ نے اُنہیں اپنا ووٹ اس لئے دیا تھا کیونکہ وہ مونگ پھلی کو بادام سے بہتر خشک میوہ سمجھتے تھے۔

پروفیسروں کا انتخاب کرتے وقت اِس بات کو پیش نظر رکھا گیا کہ ہر ممبر کے کسی نزدیک یا دور کے رشتہ دار کو موقع دیا جائے۔ لالہ جھاڑو مل کے بہنوئی چندر بھوشن کو انگریزی کا پروفیسر لگایا گیا۔ حالانکہ اس بیچارے کو انگریزی تو کہاں ہندی تک نہیں آتی تھی بخشی جے دیو کے داماد کو وائس پرنسپل مقرر کیا گیا حالانکہ وہ پروفیسر لگائے جانے کا بھی مستحق نہ تھا۔ شری بنارسی داس کے سالے کو حساب پڑھانے کی ذمہ داری سونپی گئی۔ اگرچہ وہ اس کام کے لئے ناموزوں ترین شخص تھا۔ جن اشخاص کو لیا قت

کی بنا پر پروفیسر مقرر کیا گیا۔ انہیں اڑھائی سو روپے تنخواہ دینے مگر اُن سے سات سو روپے کی رسید لینے کا فیصلہ کیا گیا۔

پہلے سال داخلہ کافی حوصلہ افزا ہوا۔ یعنی ڈیڑھ سو طلبا اور پچاس طالبات۔ پرنسپل گنگا دھر نے اُن سے خطاب کرتے ہوئے کہا:

"آپ نہایت خوش قسمت ہیں کہ آپ نے اس کالج میں داخلہ لیا ہے جس کا نام گنڈامل چھبنڈامل کالج ہے اور جس کا میں پرنسپل ہوں۔ اگر ان دو باتوں کے باوجود آپ پاس نہ ہو سکیں تو سمجھئے آپ پاس ہونے کے قابل ہی نہیں۔ اس صورت میں آپ دہی بڑے یا چاٹ کی دکان کھول لیں۔

کالج کھلنے کے تین ماہ بعد آدھے پروفیسروں کو کسی نہ کسی قصور کی بنا پر برخاست کر دیا گیا۔ ایک پروفیسر کو اس لئے کیونکہ اس نے لالہ بنارسی داس کے لڑکے کو، جو لڑکیوں کو چھیڑا کرتا تھا، جُرمانہ کر دیا تھا۔

مینیجنگ کمیٹی نے اپنے ریزولیوشن میں لکھا "ہم اُسے اِس لئے برخاست کر رہے ہیں تاکہ باقی پروفیسر اس سے عبرت پکڑیں۔ ایک اور کو اس لئے جواب دیا گیا کیونکہ وہ لالہ بنارسی داس کی خاطر ایک بیگ میں ناجائز افیم چھپا کر بمبئی جانے کے لئے تیار نہیں تھا۔ مینیجنگ کمیٹی نے اُسے برخاست کرتے ہوئے اِس رائے کا اظہار کیا "ایسا بزدل شخص پروفیسر بننے کے قابل نہیں۔"

کالج کے وہ پروفیسر جو کنبہ پروری کی وجہ سے لگائے گئے تھے پڑھانے کے معاملے میں بالکل کورے تھے اور وہ جو پڑھانا جانتے تھے اس لئے نہیں پڑھاتے تھے کیونکہ ان کو تنخواہ کم دی جا رہی تھی لیکن رسید پوری تنخواہ کی دی جا رہی تھی۔

پہلے سال جب یونیورسٹی کا نتیجہ نکلا۔ کالج کے صرف پانچ فیصد طلبا کامیاب ہوئے قصبہ کے لوگ اور خاص طور پر گنڈا مل اور جھنڈا مل غصے سے لال بھبوکا ہو گئے۔ انہوں نے فیصلہ کیا مینجنگ کمیٹی۔ پرنسپل اور پروفیسروں کی وہ مرمت کی جائے کہ ساری عمر یاد رکھیں۔ اُدھر جب یہ خبر ان لوگوں تک پہنچی جن کی مرمت ہونے والی تھی۔ وہ راتوں رات روپوش ہو گئے۔ اور آج تک روپوش ہیں۔ اگر آپ کو پتہ چلے وہ کہاں چھپے ہوئے ہیں تو قصبہ سنگرپور کے سرپنچ کو اطلاع دیں۔ شکریہ کے علاوہ آپ کی خدمت میں سو روپئے نقد پیش کئے جائیں گے۔

●●

بالغوں کے لیے پہلی کتاب

پہلا سبق (ماں، بچّہ اور باپ)

آیا بچے کو گود میں لئے بیٹھی ہے۔ ماں پیانو بجا رہی ہے۔ باپ کوکا کولا پی رہا ہے۔ کبھی کبھی اپنی بیوی کی آنکھ کو بچا کر آیا کی طرف دیکھ لیتا ہے۔ ظاہر ہے وہ بیوی سے زیادہ خوبصورت ہے۔ ماں پیانو بجاتے بجاتے تھک جاتی ہے تو ریکارڈ پلیئر پر کوئی نیا ریکارڈ سننے کے لیے رکھ دیتی ہے —— آہاہا! یہ تو گوکی ناچ کی دُھن ہے۔ وہ دیکھو۔ ماں ناچ رہی ہے۔ باپ سوچ رہا ہے۔ کاش میں آیا کے ساتھ ناچ سکتا۔ ناچ ختم ہوتا ہے۔ باپ اس پر تبصرہ کرتے ہوئے کہتا ہے۔ خوب! بچہ یہ الفاظ سن کر مسکراتا ہے وہ جانتا ہے۔ باپ جھوٹ بول رہا ہے۔ ماں بچّے کی طرف دیکھتے ہوئے دل ہی دل میں کہتی ہے: میرے لال! وہ دن کب آئے گا۔ جب تو بڑا ہوگا۔ اور میں تیری آیا کو برخاست کر سکوں

گی۔ یہ کم بخت آیا نہیں آئی میری شامت آ گئی ہے۔ ہر وقت تمہارا باپ للچائی ہوئی نظروں سے اس کی طرف دیکھتا رہتا ہے۔ خدا جانے اس کا کیا ارادہ ہے۔ ویسے تو مرد کی فطرت ہی کچھ ایسی ہوتی ہے۔ مگر جب آدمی کی عمر پینتالیس برس ہو جائے اسے کچھ شرم تو آنی چاہیئے۔

دوسرا سبق (کسان ٹریکٹر چلا رہا ہے)

بڑی محنت کرتا ہے دن چڑھتے ہی ٹریکٹر چلانے لگتا ہے ابھی ایک آدھ گھنٹے میں فارغ ہو جائے گا۔ پھر گپیں ہانکے گا دوسرے کسانوں کے ساتھ لڑے گا۔ شراب پیئے گا وہ دن گزر گئے جب سارا دن ہل چلاتا تھا۔ کیوں میاں! وہ تمہارا ہل کہاں گیا؟ وہ میں نے لکڑیاں بیچنے والے ایک دکاندار کے پاس فروخت کر دیا۔ اور بیلوں کی جوڑی؟ وہ ایک کوہلو کا ایک مالک خرید کر لے گیا۔ ہاں ٹھیک ہے۔ جب ٹریکٹر ہو تو پھر بیلوں کی کیا ضرورت ہے۔ پھر کبھی کبھی بیلوں کی یاد آتی تو ہوگی۔ جی ہاں ضرور آتی ہے۔ خاص کر جب چابک مارنے یا گالیاں دینے کو جی چاہتا ہے۔ میاں دھیان سے ٹریکٹر چلایا کرو۔ کہیں کوئی حادثہ نہ ہو جائے مشین کا کیا اعتبار ہے آپ ٹھیک کہتے ہیں کبھی آدمی مشین پر کبھی مشین آدمی پر سوار ہو جاتی ہے۔ اچھا کبابائی۔ خوش رہو۔

خوب ٹریکٹر چلاؤ۔ پیداوار بڑھاؤ۔ خود بھی کھاؤ دوسروں کو بھی کھلاؤ۔

تیسرا سبق (پروفیسر طلبہ کو پڑھا رہا ہے)

رات ایک بجے تک شطرنج کھیلتے رہے۔ سبق تیار نہ کر سکے آپ اِدھر اُدھر کی باتوں سے طلبا کا دل بہلا رہے ہیں۔ اوّل اُنہوں نے اپنے انگلینڈ جانے کا قصہ چھیڑ دیا۔ یہ قصہ وہ پہلے بھی کئی بار سنا چکے ہیں۔ طلبہ اُن کی باتیں سن کر ہنس رہے ہیں۔ وہ سمجھتے ہیں۔ خوش ہو رہے ہیں۔ یہ قصہ ختم ہوا۔ اب وہ اپنے ایک معاشقے کی داستان سنا رہے ہیں۔ آؤ ذرا ہم بھی سنیں "اُس وقت میری عمر اٹھارہ برس تھی۔ میں بی اے میں پڑھتا تھا۔ ایک امیر زادی دل و جان سے مجھ پر فریفتہ ہوگئی۔ چونکہ میں کسی اور لڑکی سے محبت کرتا تھا۔ اس لئے میں نے اُسے مُنہ نہ لگایا۔" مُنہ نہ لگانے کے محاورہ پر طلبہ قہقہہ لگا کر داد دے رہے ہیں۔ کچھ کہہ رہے ہیں نہایت دلچسپ قصہ ہے۔ بڑے کام کی چیز ہے۔ پروفیسر وہی اچھا ہے جو دلچسپ قصے سنائے۔ جو نصاب یونیورسٹی نے مقرر کر رکھا ہے اس کے متعلق کچھ نہ بتائے۔ طلبا کو پڑھانے کے بعد سمجھ لیا کہ اس نے پڑھانے کا حق ادا کر دیا ہے۔

چوتھا سبق (کالج کا طالب علم)

بڑا بانکا جوان ہے۔ سر کے بال ضرورت سے زیادہ بڑھا رکھے ہیں۔ کیوں صاحب زادے! کیا تمہارے شہر میں نائی نہیں ہوتے؟ جی یہ بات نہیں۔ لمبے بال رکھنا تو فیشن میں داخل ہے۔ میاں! کیا کبھی کلاس روم میں بھی جاتے ہو یا کالج کے آنگن میں گھوم پھر کر گھر چلے آتے ہو؟ جی کبھی کبھی غلطی سے کلاس روم میں بھی چلا جاتا ہوں۔ لیکن فوراً باہر آجاتا ہوں۔ لیکچر اتنا خشک ہوتا ہے کہ سر میں درد ہونے لگتا ہے۔ پھر وقت کس طرح کاٹتے ہو۔ ٹک شاپ میں بیٹھا رہتا ہوں۔ چائے پیتا ہوں۔ چائے پی کر جیب تنگ آجاتا ہوں۔ خوبصورت تیتریوں کا تعاقب کرتا ہوں۔ تعجب! پھر آخر پاس کس طرح ہو جاتے ہو؟! امتحان پاس کرنے کے لئے اس فارمولے کا استعمال کرتا ہوں جیسے "یا نقل تیرا آسرا" کہا جاتا لیکن تھوڑا بہت پڑھ بھی لیا کرو۔ علم میں اضافہ ہوتا ہے۔ آپ کیا فرماتے ہیں۔ لیکن پڑھنے کے بغیر ڈگری مل جائے۔ پھر پڑھنے لکھنے کی کیا ضرورت ہے۔ اچھا برخوردار جو جی میں آئے کرو۔ بزرگوں کا نام روشن کرو۔ ان بزرگوں نے ہمارے لئے کیا کیا ہے جو ہم ان کا نام روشن کرتے پھریں۔ یہی کیا کم ہے۔ ہم نے ان کے سارے گناہ معاف کر دئے ہیں۔

پانچواں سبق (کالج کی طالبہ)

لڑکی بالکل نہیں لگتی۔ مگر لڑکی ہی ہے۔ پھر اس نے لڑکے کی طرح کپڑے کیوں پہن رکھے ہیں؟ یہ تو آجکل فیشن ہے۔ لڑکے لڑکیاں بن رہے ہیں۔ لڑکیاں لڑکوں کو اپنی سیکس سے خوش نہیں اس نے دوپٹہ گلے میں کیوں لٹکا رکھا ہے؟ سر پر کیوں نہیں لیتی؟ سر پر دوپٹہ لینا جہالت کی نشانی ہے۔ کیوں بیٹا! تم نے اپنے سر پر یہ گھونسلہ سا کیا بنا رکھا ہے؟ کیا تمہاری لیڈی پروفیسر بالوں کے اس فیشن پر اعتراض نہیں کرتی۔ جی انہی سے تو بالوں کا یہ فیشن سیکھا ہے کچھ پڑھتی لکھتی بھی ہو یا سارا وقت فلمیں اور ٹیلی ویژن دیکھنے میں گذارتی ہو؟ بہت کچھ پڑھتی ہوں ہر قسم کے فلمی رسالے جاسوسی ناول۔ اور اردو کی عشقیہ غزلیں کچھ گھر کا کام بھی کرتی ہو؟ بالکل نہیں۔ گھر کا کام تو وہ لڑکی کرتی ہے جو کالج کی طالبہ نہیں ہوتی اگر وہ کالج کی طالبہ ہونے کے باوجود گھر کا کام کرتی ہے تو وہ یقیناً عقلمند نہیں ہوتی۔ واہ! کیا نقطہ پیدا کیا ہے۔ طبیعت خوش ہوگئی بے اختیار زبان پر یہ مصرع آگیا ؎

جو بات کی خدا کی قسم لاجواب کی

اچھا جیتی رہو۔ ابھی بچپنا ہے۔ کھیلنے اور کھانے کے دن ہیں۔ تم سے ذہانت کی امید کرنا بیکار ہے۔

چھٹا سبق (نقلی ڈاکٹر)

بڑا ہوشیار بنے ہر مرض کا علاج کرسکتا ہے تشخیص کرنے کا بڑا اچھا طریقہ نکالا ہے۔ مریض سے پوچھ لیتا ہے۔ تمہارے خیال میں تمہیں کیا شکایت ہے۔ اس طرح خود تشخیص کرنے کی زحمت سے بچ جاتا ہے۔ مرض سمجھ میں آئے یا نہ آئے دوا ضرور دیتا ہے۔ اگر مریض کہے اُسے کچھ فائدہ نہیں ہوا تو بڑے پیار سے سمجھاتا ہے میرا کام دوا دینا ہے۔ شفا تو خدا کے ہاتھ میں ہے۔ کئی بار دوا کی بجائے پانی کا ٹیکہ بھی لگا دیتا ہے۔ کیوں میاں۔ ایسا کیوں کرتے ہو؟ اجی پیسے تو ٹیکے کے ہی وصول کرتا ہوں۔ تپ دق کے مریض کو زکام کی اور دل کے مریض کو بدہضمی کی دوا دیتا ہے۔ کہتا ہے زکام جب بگڑ جائے پرانا بخار بن جاتا ہے۔ بدہضمی حد سے بڑھ جائے دل کمزور ہو جاتا ہے۔ جن مریضوں کا علاج کرتا ہے۔ وہ اللہ کو پیارے ہو جاتے ہیں۔ ایک طرح سے دیکھا جائے۔ یہ اچھا ہی ہوتا ہے۔ مریضوں کو دائمی سکون مل جاتا ہے۔ بیٹے وقت سے پہلے باپ کی جائیداد کے مالک بن جاتے ہیں۔ شوہروں کو پھوہڑ بیویوں سے نجات مل جاتی ہے آبادی کا دباؤ کم ہو جاتا ہے۔ ڈاکٹر صاحب! اگر ہر ڈاکٹر آپ کے نقش قدم پر چلے تو دنیا کیا آبادی ہی نہ رہے حضرت! یہ سوچنا آپ کا کام ہے۔ ہمیں تو اپنے حلوے مانڈے سے غرض ہے۔ آبادی کی اتنی

فکر نہیں کرنی چاہیئے۔ یہ کبھی صفر نہیں ہو گی۔ کیونکہ کچھ مریض ایسے بھی ہوتے ہیں جو ہم سے علاج کرانے کے باوجود بچ جاتے ہیں۔

ساتواں سبق (نقلی سادھو)

بالکل اصلی سادھو کی طرح لگتا ہے۔ لمبی لمبی جٹائیں۔ بھگوے کپڑے۔ ماتھے پر تلک۔ ہاتھ میں کمنڈل گلے میں مالا۔ الکھ نرنجن کا نعرہ اتنے زور سے لگاتا ہے کہ چھوٹے بچے ڈر کے مارے سہم جاتے ہیں۔ ہر بھگت سے اپنے لئے ایک جوتا خریدنے کے لئے دان مانگتا ہے۔ جتنا دان لے چکا ہے، اس سے جوتوں کی ایک اچھی خاصی دکان کھول سکتا ہے۔ پڑھا لکھا واجبی سا ہے۔ کام کرنے سے خدا واسطے کا بیر ہے۔ "سادھو جی مہاراج! آپ کام کیوں نہیں کرتے۔ دیکھنے میں ہٹے کٹے نظر آتے ہیں" "اجی اگر کام ہی کرنا ہوتا۔ پھر سادھو بننے کی کیا ضرورت تھی۔ ہم نے دنیا چھوڑ دی تاکہ کام کرنے سے بچ جائیں۔ کام کرنے کو ہمارے بھگت جو ہیں" لیکن آپ محنت سے کیوں جی چراتے ہیں؟ یہ آپ سے کس نے کہہ دیا۔ ہم محنت سے جی چراتے ہیں۔ اپنے بھگتوں کو مرعوب کرنے کے لئے کئی ڈھونگ رچانے پڑتے ہیں۔ انہیں چمتکار دکھانا پڑتے ہیں۔ ان کے مستقبل کے متعلق پیشگوئیاں کرنا پڑتی ہیں تعجب ہے بیسویں صدی میں ایسے لوگ ہیں جو آپ

کی باتوں میں آجاتے ہیں۔ جی ہاں! پرماتما کا شکر ہے۔ ابھی کچھ بھگت جہاں میں باقی ہیں۔ ورنہ آپ کا بس چلے تو آپ ہر شخص کو یہ دعا دیا کریں:

خدا محفوظ رکھے ہر بلا سے
خصوصاً آج کل کے اولیا سے

آٹھواں سبق (نقلی جوتشی)

جوتش کے علاوہ ہر علم جانتا ہے پھر بھی پیشگوئیاں کرنے سے باز نہیں آتا۔ ایسے عجیب و غریب قیافے لگاتا ہے کہ لوگ دنگ رہ جاتے ہیں۔ مثال کے طور پر اس سال گرمی کے موسم میں گرمی پڑے گی اور سردی کے موسم میں سردی پڑے گی اور سردی کے ـــــــ برسات کے موسم ، البتہ بارش ہوگی... خزاں کے موسم میں درختوں کے پتے جھڑیں گے۔ بہار کے موسم میں پھول کھلیں گے۔ کسی بڑے ملک میں قحط پڑے گا۔ جب کبھی کسی بڑے آدمی کی وفات ہوتی ہے بڑے فخر کے ساتھ اعلان کرتا ہے۔ ہم پچھلے بیس سال سے کہتے آرہے ہیں۔ اس سال اس کی موت ضرور ہوگی۔ جنم پتری بنانے میں ماہر ہے ہر بچے کے بارے میں کہتا ہے۔ اس پر سنیچر کا سایہ ہے۔ جس کا اپائے

نہ کیا گیا تو یہ فلاں بیماری میں مبتلا ہو جائے گا۔

کیوں جوتشی جی! آپ نے جوتش کا علم کہاں سے سیکھا تھا؟ کہیں سے بھی نہیں۔ اگر یہ علم سیکھنے سے آ جاتا تو ہر شخص جوتشی نہ بن جاتا۔ یہ علم تو ہمیں ورثہ میں ملا ہے۔ ہمارا باپ جوتشی تھا۔ ہمارا دادا جوتشی تھا۔ اور ہمارے دادے کا دادا بھی جوتشی تھا۔ کیا آپ کو آپ کا ضمیر لعنت ملامت نہیں کرتا کہ آپ لوگوں لوگوں کو ٹھگ رہے ہیں؟ اجی صاحب ضمیر کی بھی ایک کہی۔ اُسے سمجھا بجھا کر جیب کرایا جا سکتا ہے...... باقی رہی ٹھگنے کی بات تو صاحب! ہر شخص باقی اشخاص کو ٹھگ رہا ہے اور اگر کوئی ٹھگ نہیں رہا تو وہ نرا کاٹھ کا اُلو ہے۔ یا اس کا بس نہیں چلتا۔

نواں سبق نقلی پروفیسر

بی اے فیل ہے لیکن ایم اے کے طلبہ کو پڑھاتا ہے کسی جعلی یونیورسٹی سے ایم اے اور پی۔ ایچ ڈی کی ڈگریاں خرید لی تھیں۔ اُن کا فائدہ اُٹھا رہا ہے۔ اپنا کالج کھول رکھا ہے پرنسپل کہلاتا ہے۔ کالج کا نام بھی کافی دلکش ہے۔ یعنی انٹرنیشنل کالج۔ اکثر شیخی بگھارتے ہوئے کہتا ہے۔ ایک زمانہ تھا جب ہمارے کالج میں چین۔ جاپان روس اور امریکہ

سے طلباء پڑھنے کے لیے آیا کرتے تھے۔ ہر اخبار میں اشتہار دیتا ہے۔ فلاں سال ہمارا فلاں طالب علم یونیورسٹی میں اوّل رہا۔ فلاں سال ہمارے سات طلبا، آئی اے۔ ایس کے امتحان میں کامیاب ہوئے لیکن یہ کبھی نہیں بتاتا کہ ان کے نام کیا تھے۔ حالانکہ غلط انگریزی بولتا ہے دعوےٰ یہ کرتا ہے۔ آکسفورڈ اور کیمبرج کے کے پروفیسر بھی ایسی صحیح انگریزی نہیں بول سکتے۔ اس کی لیاقت کے کئی قصے مشہور ہیں۔ جب نوبل انعام یافتہ بورس پاسترناک کا شہرۂ آفاق "ڈاکٹر زواگو" چھپا تو اس سے کسی نے پوچھا "ڈاکٹر زواگو کے متعلق کیا خیال ہے؟" بڑے وثوق کے ساتھ بولا "بڑا مشہور ڈاکٹر ہے۔ پیٹ کی بیماریوں کا علاج کرنے میں ماہر ہے" کسی نے اور سوال کیا۔ "مایاکووسکی، کے متعلق آپ کیا جانتے ہیں؟ فرمایا جیسا کہ اس کے نام سے ظاہر ہے یہ ایک قسم کی وسکی ہے" ہمیشہ خوش رہتا ہے۔ اگر کوئی اس کی لاعلمی کی طرف اشارہ کرے تو مسکراکر کہتا ہے "ہمیں تو یہ لاعلمی بڑی راس آئی ہے۔ اس کی بدولت ہمارے پاس کوٹھی ہے کار ہے۔ بینک بیلنس ہے یعنی آپ جیسے علما سے بہتر ہیں۔ جنہیں اپنی تمام علمیت کے باوجود دو وقت کا کھانا نصیب نہیں ہوتا۔"

بالغوں کے لئے دوسری کتاب

جانوروں کا بیان

بلّی

بلّی چوہے سے بڑی اور کتّے سے چھوٹی ہوتی ہے۔ لیکن ہر چیز جو چوہے سے بڑی اور کتّے سے چھوٹی ہو۔ بلّی نہیں ہوتی مثال کے طور پر خرگوش کو کسی حالت میں بلّی نہیں کہا جا سکتا۔ بلّی نو سو چوہے کھانے کے بعد حج کو جایا کرتی ہے۔ مگر مکّے سے آنے کے بعد بھی بلّی ہی رہتی ہے معلوم ہوتا ہے۔ میر نے یہ شعر کسی بلّے کے متعلق کہا تھا ؎

مکّے گیا۔ مدینے گیا۔ کربلا گیا
جیسا گیا تھا ویسا ہی چل پھر کے آگیا

بلّی کو خواب میں صرف ایک چیز نظر آیا کرتی ہے یعنی چھیچھڑے شیر سے مشابہ ہونے کی وجہ سے بلّی شیر کی خالہ کہلاتی ہے۔ مگر بھانجے نے اس رشتے کو کبھی تسلیم نہیں کیا۔ بلّی کسی کے سامنے سے ہو کر گزر جائے تو یہ لڑائی جھگڑے کا شگون ہوتا ہے۔

آج کل بنگلہ دیش میں بلی ہر لیڈر کے سامنے سے ہو کر گزر رہی ہے۔

کتا۔

عجیب و غریب جانور ہے اسے راج بٹھایا جائے تو چکی چاٹنے آتا ہے۔ یہ کبھی کہا جاتا ہے۔ اسے گھی ہضم نہیں ہوتا۔ اگر اس کی دم کو بارہ برس نلکی میں رکھا جائے پھر بھی وہ ٹیڑھی کی ٹیڑھی رہتی ہے۔ اس لئے اس نلکی میں رکھنے کی بجائے اس پر استری کر لینا چاہیئے۔ کتے کی جب موت آتی ہے تو مسجد کی طرف بھاگتا ہے۔ لیکن چونکہ آج کل لوگ مسجدوں میں نہیں جاتے، اس لئے صاف بچ جاتا ہے۔ اس کی مادہ کو کتیا کہتے ہیں۔ اس عورت کو بھی کتیا کہتے ہیں جو ہر نوجوان کے عشق کا دم بھرتی ہے۔

کتا آدمی سے زیادہ وفادار ہوتا ہے۔ اسی لئے ایک سمجھدار شخص آدمی کی بہ نسبت کتے کی زیادہ قدر کرتا ہے۔ کتے کا واحد کام بھونکنا ہوتا ہے۔ البتہ جب وہ بھونک بھونک کر تھک جاتا ہے تو لوگوں کو کاٹنے لگتا ہے۔

چوہا

خاکی رنگ کا ایک بیوقوف جانور ہے۔ زمین میں بل بنا کر رہتا ہے۔ بل میں سانپ گھس کر اسے چٹ کر جاتا ہے۔ نتیجہ یہ ہوتا

ہے کہ جالندھر کے علاوہ گھر سے بھی ہاتھ دھو بیٹھتا ہے۔ چوہے دان میں گوشت کے ٹکڑے کی خوشبو سونگھ کر بیقرار ہو جاتا ہے اور بن آئی موت مرنے کے لئے اس میں داخل ہو جاتا ہے۔ اس کی بیوقوفی کا ایک اور نمایاں ثبوت یہ ہے کہ اگر اس کے ہاتھ ہلدی کی گرہ لگ جائے تو پنساری بن بیٹھتا ہے۔ کچھ چوہے اتنے احمق ہوتے ہیں کہ خود تو بل میں نہیں سماتے لیکن دم سے چھاج باندھ لیتے ہیں۔ چوہے کے دانت بڑے تیز ہوتے ہیں جن کا یہ ناجائز فائدہ اٹھاتا ہے۔ کتابوں اور کپڑوں کو کتر ڈالتا ہے آجکل اتنے چوہے گھروں میں نہیں رہتے جتنے کھیتوں میں رہتے ہیں۔ آدمی کے بعد چوہا اناج کا سب سے بڑا دشمن ہے!

گدھا!

ایک اور بیوقوف جانور ہے۔ یہ اتنا بے خبر ہوتا ہے کہ زعفران کا بھاؤ تک نہیں جانتا۔ ایک لحاظ سے بڑا خوش قسمت بھی ہے کیونکہ ضرورت پڑنے پر اسے باپ بنا لیتے ہیں۔ گدھا ہر جگہ پایا جاتا ہے۔ یہاں تک کابل میں بھی۔ بلکہ وہاں تو بڑے قابل گدھے پلئے جاتے ہیں۔ کابل کے علاوہ تقریباً ہر دفتر میں اس سے ملاقات کی جا سکتی ہے۔ وہاں وہ ڈھینچوں ڈھینچوں نہیں کرتا۔ لیکن باتیں اور حرکتیں ایسی کرتا ہے

کہ اُس کو فوراً پہچان لیا جاتا ہے۔ گدھا کمہاروں اور دھوبیوں کے لئے بڑے کام کا جانور ہے

گیدڑ!

ایک جانور جسے دُور سے دیکھا جائے تو کُتا نظر آتا ہے لیکن نزدیک سے دیکھے جانے پر کُتے کا چچازاد بھائی لگتا ہے۔ بڑا بزدل جانور ہوتا ہے۔ حملہ کرنے کی بجائے بھبکی سے کام لیتا ہے۔ اکثر دوسروں کا شکار کرنے کی بجائے فوراً ان کا شکار ہو جاتا ہے ——— جب اس کی شامت آتی ہے تو شہر کا رُخ کرتا ہے۔ اور اچھی طرح پٹنے کے بعد پھر جنگل کی راہ لیتا ہے۔ اِسے رات کو نیند نہیں آتی اس لئے دُوسرے گیدڑوں کے ساتھ مِل کر چلاتا ہے تاکہ لوگوں کی نیند حرام کر سکے۔

لومڑی!

ایک جانور جو قریباً بِلّی کے برابر ہوتا ہے لیکن جو بِلّی سے اتنا ہی مختلف ہوتا ہے۔ جتنا بلی اس سے ہوتی ہے۔ اس کی عیاری اور مکاری ضرب المثل ہے یہ دوسرے جانوروں کو بہکانے میں مشتاق ہوتی ہے۔ جنے کے کئی بار شیر اور ہاتھی کو بھی

اُلّو بنا کر چھوڑتی ہے میٹھی میٹھی باتیں کرنا اور طرح طرح کے سبز باغ دکھانا اس کا شیوہ ہوتا ہے۔ کسی شاعر نے اس کے متعلق کہا ہے:

وہی لہجہ وہی تیور قسم ہے جھوٹے وعدوں کی
ذرا بھی شک نہیں ہوتا کہ یہ جھوٹی تسلی ہے

شیر!

کبھی جنگل کا راجہ کہلاتا تھا آج کل صرف سرکسوں اور چڑیا گھروں میں دیکھا جاتا ہے تیرنے میں اسے کمال حاصل ہے۔ تبھی تو استاد ذوق کو کہنا پڑا

شیر سیدھا تیرتا ہے وقت رفتن آب میں

اسے منہ دھونے سے بہت نفرت ہے اس لئے عموماً نہ صرف ناشتہ بلکہ لنچ اور ڈنر بھی منہ دھوئے بغیر کرتا ہے عموماً اس کا ایک بچہ ہوتا ہے۔ کیونکہ یہ خاندانی منصوبہ بندی میں یقین رکھتا ہے۔ اس کا بچہ بھی شیر ہی کہلاتا ہے۔ ملاحظہ ہو انیس کا مصرع

شیروں کے پسر شیر ہی ہوتے ہیں جہاں میں

انسان اس کا اور یہ انسان کا شکار کرتا ہے جو شکاری اس کا شکار ہونے سے بچ جاتے ہیں۔ وہ شیر کو ایک نہایت

شریف جانور سمجھتے ہیں۔ لیکن جنہیں یہ ایک آدھ ہاتھ دکھاتا ہے وہ اسے دور سے ہی سلام کرتے ہیں خیریت سمجھتے ہیں۔

ہاتھی

وہ واحد جانور ہے جس کا پاؤں اتنا بڑا ہوتا ہے کہ اس میں سب کے پاؤں آ جاتے ہیں۔ ایک اور لحاظ سے یہ بڑا خوش نصیب واقع ہوا ہے اس کے پاس دانتوں کے دو سیٹ ہوتے ہیں ایک کھانے کے لئے دوسرا دکھانے کے لئے۔ ہاتھی دو طرح کے ہوتے ہیں۔ کبود رنگ اور سفید۔ سفید ہاتھی پالنے سے گریز کرنا چاہیئے کیونکہ جو اسے پالتا ہے اس کا دیوالہ پٹ جاتا ہے ایک زمانہ تھا کہ ہاتھی امیروں کے دروازوں پر جھوما کرتے تھے۔ آجکل چونکہ امیر موٹر کار کو ہاتھی پر ترجیح دیتے ہیں اس لئے ہاتھی جنگلوں میں بیکار گھوما کرتے ہیں۔ ہاتھ اور ہاتھی میں زمین آسمان کا فرق ہے۔ اس لئے جب کبھی کوئی کاتب ہاتھ کی بجائے ہاتھی لکھ دیتا ہے تو نہایت مضحکہ خیز صورت پیدا ہو جاتی ہے۔ مثال کے طور پر ؎

عشقِ بتاں میں دستِ دعا کس طرح اٹھائیں
پتھر تلے ہے ہاتھی ہمارا دبا ہوا

مور!

یہ ہمارا قومی پرندہ ہے اس کے پر بڑے خوبصورت مگر پاؤں

بڑے بدنما ہوتے ہیں جب یہ اپنے پاؤں دیکھتا ہے تو رو دیتا ہے۔ بیوقوف کہیں کا! خدا نے اسے بدصورت پاؤں اس لئے دیے ہیں تاکہ اسے نظر نہ لگ جائے۔ یہ ہمیشہ جنگل میں ناچتا ہے تاکہ اس کے ناچ کو اس کے سوا کوئی دیکھ نہ سکے۔ مور اور چکور میں بڑا فرق ہوتا ہے۔ چکور چاند کا عاشق ہے۔ مور اپنی مورنی کے سوا کسی سے عشق نہیں کرتا حالانکہ وہ اس سے کم خوبصورت ہوتی ہے۔ مور کو دیکھ کر یقین نہیں آتا کہ اسی خدا نے اسے بنایا ہے جس نے گدھ اور کوّے بنائے۔

اُلّو

ویرانوں میں رہتے ہیں اور بستیوں میں بھی۔ موخرالذکر کو ادب۔ موسیقی اور مصوّری سے ذرا واسطہ کم ہی ہوتا ہے۔ اُلّو کو ہمیشہ بے وقوف سمجھا جاتا ہے۔ مگر اس کی بیوقوفی کی مثال پیش نہیں کی جاتی ہماری رائے میں جہاں تک بیوقوفی کا تعلق ہے۔ بیشتر آدمی اُلّو سے کہیں بڑے اُلّو ہوتے ہیں۔ اُلّو کو منحوس سمجھا جاتا ہے۔ حالانکہ اُلّو دولت کی دیوی لکشمی کی سواری ہے اور بقول ایک سنسکرت شاعر جب تک آدمی الّو یا کاٹھ کا الّو نہ ہو اُس کے پاس لکشمی آتی ہی نہیں الّو کو آدمی نہیں بنایا جا سکتا۔ البتہ آدمیوں کو الّو بنایا جا سکتا ہے اور بنایا گیا ہے۔ اگر کسی شخص کو بیٹھے بیٹھے الّو بننے کا شوق ہو تو وہ اس محاورے کو یاد رکھے۔ 'چلّو میں الّو ہوتا'

کوّا

کائیں کائیں کرنے کے علاوہ اسے کچھ نہیں آتا۔ جو لوگ ضرورت سے زیادہ بکواس کرتے ہیں۔ وہ عموماً اسے کھا کر آتے ہیں۔ جب یہ ہنس کی چال چلنے کی کوشش کرتا ہے تو اپنی بھی بھول جاتا ہے۔ زمانۂ ماضی میں یہ بڑا سادہ لوح ہوا کرتا تھا۔ چنانچہ جب اس کے منہ میں گوشت کا ٹکڑا ہوتا جسے دیکھ لومڑی کے منہ میں پانی بھر آتا۔ وہ اس سے گانے کی فرمائش کرتی۔ یہ گانے کے لئے منہ کھولتا۔ گوشت کا ٹکڑا نیچے گر پڑتا اور اسے جھٹ لومڑی کھا جاتی۔ آجکل کافی چالاک ہو گیا ہے۔ اس لئے گوشت کا ٹکڑا کھانے کے بعد لومڑی کو بتاتا ہے کہ اسے گانا بالکل نہیں آتا وہ تو صرف کائیں کائیں کر سکتا ہے۔

بُلبُل

عجیب پرندہ ہے مذکر بھی ہے اور مونث بھی شاعر اس کی آواز کی تعریف کرتے ہیں اور اسے پھول کا عاشق سمجھتے ہیں۔ اس کے ساتھ اُردو شاعری کے بہت سے موضوعات وابستہ ہیں۔ جیسے قفس آشیاں۔ صیاد۔ باغباں وغیرہ وغیرہ ان سب کے متعلق بہت خوبصورت شعر کہے گئے ہیں۔ جنہیں اُردو شاعری سے نکال دیا جائے تو باقی جو رہ جائے گا وہ اُردو نثر ہو گی۔

کوئل!

اِس کا رنگ سیاہ ہوتا ہے اور یہ آم کے موسم میں باغوں میں پائی جاتی ہے۔ باغوں کے علاوہ کٹھریوں اور دادروں میں کثرت سے ملتی ہے۔ اس کی کوک بڑی جانگداز ہوتی ہے اور جو لوگ ہجر سے صدمے اٹھا رہے ہوں اُن کے لیئے تہلک ثابت ہوتی ہے۔ خدا نے اسے جیسی آواز دی ہے ایسے خوبصورت اور اُجلے پر بھی دیتا۔ تو یہ سونے پہ سہاگہ ہوتا۔ مگر افسوس خدا نے اُجلے پر لگلے کو دے ہیں ؏ جو گا نا تو کجا رونا بھی نہیں جانتا۔ کوئل برسات میں چپ سادھ لیتی ہے۔ اگر اس سے پوچھا جائے ایسا کیوں کرتی ہو۔ جواب دیتی ہے۔ اب چاروں طرف مینڈک ٹراتے لگتے ہیں۔ اب ہمیں کون پوچھتا ہے۔

پپیہا

فلمی شاعروں کا محبوب پرندہ ہے۔ برہ کے ہر گیت میں اس کا ذکر آتا ہے۔ فلمی شاعروں کے نزدیک اِس کی تخلیق ہی اس لیئے کی گئی تھی کہ جب اُنہیں گیت لکھنے کے لیئے کوئی موضوع نہ سوجھے اس پر گیت لکھ دیں۔ یہ اپنی سریلی آواز سے پی کہاں پی کہاں بولتا ہے کہیں خود پیڑوں میں چھپا رہتا ہے۔ دراصل یہ "پی" کو آنکھ

مچولی کھیلنے کے لئے مدعو کرتا ہے اس کی آواز سن کر وہ دوشیزائیں جن کی کسی وجہ سے شادی نہیں ہوسکی، سمجھتی ہیں یہ اُن کے زخموں پر نمک چھڑک رہا ہے اور انہیں ستانے کے لئے 'پی کہاں پی کہاں' کی رٹ لگاتا ہے۔

بٹیر

بٹیر کو اہلِ لکھنؤ مذکر اور اہلِ دہلی مونث سمجھتے ہیں۔ ان دونوں کو کبھی توفیق نہ ہوئی کہ ایک کمیشن مقرر کرکے اس کی جنس یا سیکس کے مسئلہ کو طے کر لیتے جو زمانہ اودھ کے نوابوں کے زوال کا ہے وہی بٹیر کے عروج کا ہے۔ جب نواب لد گئے بٹیر یتیم ہوگئے۔ آجکل انہیں لڑانے کے لئے نہیں کھانے کے لئے پکڑتے ہیں۔ ایک لال بجھکڑ نے اسے پکڑنے کا یہ طریقہ بتایا تھا۔ آدمی اس کے سامنے کھڑا ہو جائے اور اس کی آنکھوں میں آنکھیں ڈال کر دو ایک منٹ کھڑا رہے۔ پھر یک لخت پسی ہوئی لال مرچیں اس کی آنکھوں میں ڈال دے یہ فوراً اندھا ہو جائے گا بس اسی وقت اُسے قابو کرلے۔

مینا!

واحد پرندہ ہے، جسے ولی یا صوفی کہا جاسکتا ہے۔ بکری کے برعکس جو میں میں کرتی ہے اور اپنا گلا کٹواتی ہے یہ میں نہ میں نہ

کرتی ہے اور سب کو پیاری لگتی ہے۔ ہندی کے کسی شاعر نے ٹھیک کہا ہے ؎ مینا جو بین نہ لے دودھ بتاشہ کھائے

بکری جو میں میں کرے کھال روز کھنچوائے

مرغ

بڑا کارآمد پرندہ ہے۔ جب بانگ دیتا ہے۔ تب صبح ہوتی ہے کبھی بار لوگوں کو بیوقوف بنانے کے لئے آدھی رات کو بانگیں دینے لگتا ہے خاص کر جب چاندنی رات ہو۔ آج کل اتنا مہنگا ہو گیا ہے کہ لوگ اسے خرید کر نہیں چرا کر پکاتے ہیں۔ اس کا اگر ایک آدھ انگ خراب بھی ہو تو کوئی مضائقہ نہیں بقول شاعر ؎

گو پڑوسن کا مرغ ہے لنگڑا

مفت ہاتھ آئے تو بُرا کیا ہے

طوطا

واحد پرندہ ہے جو اپنی بولی کے علاوہ انسان کی بولی بول سکتا ہے۔ انسان کے علاوہ سب سے بڑا طوطا چشم ہے۔ معلوم ہوتا ہے کہ گھونسلے کی بجائے یہ کبھی کبھی ہاتھوں میں بھی رہتا ہے۔ چنانچہ جونہی کوئی شخص حواس باختہ ہوتا ہے۔ اس کے ہاتھوں کے طوطے اُڑ جاتے ہیں۔ آج کل بہت سے طلبا طوطے کی طرح سبق رٹ لیتے ہیں۔ اس لئے انہیں طلبا کی بجائے ٹنٹو رام یا میاں مٹھو کہنا چاہیئے۔

بالغوں کے لئے تیسری کتاب

تاریخ کا ایک سبق

آریہ لوگ

کچھ مورخ کہتے ہیں آریہ لوگ وسطی ایشیا سے ہندوستان میں آئے۔ کچھ اور سمجھتے ہیں وہ اسی ملک کے باشندے تھے۔ اگر وہ یہاں ہی کے رہنے والے تھے تو یہ اُن کی خوش قسمتی تھی کیونکہ وہ اُس طویل سفر کو طے کرنے سے بچ گئے، جو اُنہیں وسطی ایشیا سے ہندوستان میں آنے کے لئے کرنا پڑتا۔ آریہ لوگ گورے رنگ، لمبے قد اور خوبصورت خدوخال کے مالک تھے۔ اُن کے موجودہ جانشینوں کو دیکھ کر کہنا پڑتا ہے: "خدا جانے یہ کمبخت مائل کس پر گئے ہیں"۔ جو ہندوستانی اپنے آپ کو آریہ نہیں کہتے وہ کبھی اوروں کے ساتھ نہیں اپنے ساتھ ظلم کرتے ہیں —— کیونکہ لغوی آریہ کے معنی ہیں: نیک، شریف اور مہذب۔ یورپین مورخین کے نزدیک آریہ لوگ بڑے مذہبی تھے یقیناً ان کی یہ رائے

ذہانت پر مبنی ہے۔ کیونکہ وہ خود بھی آریہ ہی ہیں۔ آریہ لوگ عادتاً اور طبعاً نہایت شکر گزار واقع ہوئے تھے۔ جو چیز یا شخص ان کے لئے کچھ بھی کرتا اُسے دیوتا سمجھ لیتے تھے۔ سورج اُن کے لئے کچھ بھی کرتا اُسے دیوتا سمجھ لیتے تھے۔ سورج اُن کے لئے دیوتا تھا کیونکہ سارا سال روشنی مہیا کرتا تھا کہ لیکن بجلی کے محکمہ کے برعکس کبھی بجلی کا بل نہیں بھجواتا تھا۔ چاند اس لئے دیوتا تھا کہ وہ سورج سے روشنی مستعار لے کر دھرتی کے باسیوں میں مفت تقسیم کرتا تھا۔ سانپ اِس لئے دیوتا تھا کہ وہ فصل کو تباہ کرنے والے چوہوں کو کھا جاتا تھا۔ اُس زمانہ کے آریہ لوگ آجکل کے لوگوں سے مختلف تھے۔ آج کل تو لوگوں کا اصول ہے۔ جو شخص کبھی تمہارے کسی کام آئے، موقع ملنے پر اس کا کام تمام کردو۔ آریہ لوگ صرف ایک خدا کی پرستش کرتے تھے۔ اُن کے موجودہ جانشینوں نے کئی خدا بنا ڈالے ہیں۔ لیکن صحیح معنوں میں پوجا ایک کی بھی نہیں کرتے جہاں ہمارا مقصد زیادہ روپیہ کمانا ہے۔ وہاں آریا لوگوں کا سب سے بڑا مقصد انسان بننا تھا۔ موجودہ دور کا آدمی سب کچھ بننا چاہتا ہے۔ لیکن خدا جانے انسان کیوں نہیں بننا چاہتا آریوں کے نزدیک انسان بننے کا نسخہ تھا ——— ——— کہ آدمی اُلو بھیڑیئے کتے اور گدھ کے طور طریقوں کو ترک کردے لیکن افسوس آجکل ہم یہ

طور طریقے اپنانے میں فخر محسوس کرتے ہیں۔ چنانچہ اُلّو کی طرح ہمیں تاریکی یعنی جہالت سے نفرت نہیں ہے۔ بھیڑیے کی طرح ہم روز بروز سفاک بنتے جا رہے ہیں۔ کتّے کی طرح ہم نفس کے غلام بن گئے ہیں اور گدھ کی طرح ہمیں مردار پر جھپٹنے کی عادت پڑ گئی ہے۔

مہاتما بُدھ

ہندوستان اور ایشیا کے ہی نہیں دُنیا کے پہلے مہاتما تھے۔ اُنہوں نے مورتی پُوجا کے خلاف جہاد کیا۔ حالات کی ستم ظریفی دیکھئے کہ ان کی وفات کے بعد سب سے زیادہ مورتیاں اُنہی کی بنائی گئیں۔ چنانچہ آج کل جہاں بھی کھُدائی ہوتی ہے وہاں سے کچھ اور نکلے یا نہ نکلے بُدھ کی ایک آدھ مورتی ضرور برآمد ہوتی ہے۔ اُنہوں نے نجات حاصل کرنے کا یہ طریقہ دریافت کیا کہ آدمی تمام خواہشوں سے نجات حاصل کر لے۔ بظاہر بڑا آسان طریقہ ہے۔ لیکن اس پر عمل تب تک نہیں کیا جا سکتا جب تک آدمی خود مہاتما بُدھ نہ ہو۔ اُنہوں نے جس مذہب کی بنیاد ڈالی وہ ہندوستان کا واحد مذہب ہے جسے کئی ممالک میں برآمد کیا گیا۔ اور اس مقدار میں کیا گیا کہ وہ ہندوستان میں بہت کم رہ گیا۔ اس مذہب کے اصولوں پر عمل کیا جائے تو آدمی بار بار پیدا ہونے اور بار بار مرنے سے بچ جاتا ہے۔ لیکن دورِ حاضرہ میں انسان کو بار بار پیدا ہونے

اور مرنے کا چسکا پڑ گیا ہے۔ اس لئے وہ بدھ مذہب کے سنہرے اصولوں پر عمل نہیں کرنا چاہتا۔ اس سے یہ بھی ثابت ہوتا ہے کہ انسان وہ ڈھیٹ جانور ہے جسے راہ راست پر نہیں لایا جا سکتا۔

سکندر اعظم

ارسطو کا شاگرد تھا۔ لیکن فلسفی بننے کی بجائے فاتح بن گیا۔ اس کا نصب العین ساری دنیا کو فتح کرنا تھا۔ ایک بار وہ زار و قطار رونے لگا کہ دنیا صرف ایک ہے اور بہت چھوٹی ہے۔ وہ اسے بہت جلد فتح کر لے گا اور پھر اس کے پاس کرنے کے لئے کوئی کام نہیں رہے گا۔ سکندر اعظم نے دو بڑی غلطیاں کیں جن کا نتیجہ یہ ہوا کہ دنیا کو فتح کرنے کی اس کی تمنا پوری نہ ہوئی اور اسے قبل از وقت زندگی سے ہاتھ دھونا پڑا۔ پہلی غلطی یہ تھی کہ وہ اپنے سپاہیوں کو ان کے وطن سے اتنی دور لے آیا کہ انہیں بیوی بچوں کی یاد ستانے لگی۔ اور اور انہوں نے آگے چلنے سے انکار کر دیا۔ دوسری غلطی یہ تھی کہ ہندوستان پر حملہ کرتے وقت وہ اپنے ساتھ کونین کی گولیاں لانا بھول گیا۔ چنانچہ جب ہندوستان سے اپنے وطن کی جانب روانہ ہوا تو راستے میں ملیریا ہو گیا اور ۳۳ سال کی عمر میں وہ چل بسا۔ ارسطو نے فلسفے کے جو سبق اسے پڑھائے

تھے وہ اپنے بستر مرگ پر یاد آئے چنانچہ اُس نے حکم دیا کہ اس کا جنازہ لے جاتے وقت اُس کے دونوں ہاتھ کفن سے باہر خالی دکھلائے جائیں اور اس کی قبر پر یہ الفاظ کندہ کئے جائیں "اس قبر میں سکندر اعظم آرام کر رہا ہے۔ آج وہ چھ فٹ زمین سے مطمئن ہے۔ لیکن جب وہ زندہ تھا، اس کے لئے ساری دُنیا کی زمین ناکافی تھی۔"

اشوک

اشوک کے معنی ہیں وہ شخص جو شوک یعنی غم سے مبرا ہو۔ حقیقی معنوں میں اشوک تب اشوک بنا جب اس نے جنگ کرنے سے توبہ کی اور بدھ مذہب اختیار کیا۔ سکندر اعظم کی طرح اشوک نے بھی دو غلطیاں کیں پہلی یہ کہ اپنے وقت سے کم از کم پانچ ہزار سال پہلے پیدا ہو گیا۔ اس لئے لوگ اس کی امن کی پالیسی کی وہ قدر نہ کر سکے جس کی وہ مستحق تھی۔ دُوسری غلطی یہ کی جو ستون اور "ستوپے" اس نے نصب کئے اُن پر اپنے فرمان راشٹر بھاشا ہندی میں نہیں لکھوائے۔ نتیجہ یہ ہوا کہ اشوک کے بعد آنے والی نسلیں انہیں پڑھ نہ سکیں اور ان پر عمل نہ کر سکیں۔ اشوک مجسم یو۔ این۔ او تھا وہ دنیا سے جنگ کو ہمیشہ کے لیے ختم کرنا چاہتا تھا وہ مشرق اول جنگ کی ہولناکیوں کو دیکھ کر سہم اُٹھا۔ اگر وہ اس قیامت کو دیکھتا

جو آج کل جنگ برپا کرتی ہے۔ وہ جنگ سے توبہ کرنے کی بجائے تاج و تخت سے دست بردار ہو جاتا اور سنیاس لے لیتا ہندوستان کی تاریخ میں وہ واحد بادشاہ ہے جو بادشاہ ہونے کے باوجود عقلمند تھا۔ اس نے مہاتما بدھ کے اصولوں کو عملی جامہ پہنایا اس میں اور بدھ میں وہی تعلق تھا جو لینن اور کارل مارکس میں تھا۔ اشوک کے کارنامے پڑھ کر یہ خیال آتا ہے کہ اگر دنیا میں اشوک زیادہ اور چنگیز خاں کم ہوتے یا بالکل نہ ہوتے تو دنیا کی تاریخ کتنی مختلف ہوتی۔

محمود غزنوی

اس کو ہندوستان پر حملہ کرنے کا لپکا یا چسکا پڑ گیا تھا آئے سال غزنی سے ہندوستان میں آتا اور لوٹ مار کرنے کے بعد واپس چلا جاتا۔ ہندوستانیوں نے اسے کبھی منع نہیں کیا ان کا خیال تھا خود ہی تھک ہار کر حملے بند کر دے گا۔ چنانچہ ہوا بھی یہی سترہواں حملہ کرنے کے بعد اس کی ہمت نے اسے جواب دے دیا اور اس نے مزید حملہ کرنے سے توبہ کرلی۔ محمود نے سالم ہندوستان پر حکومت کرنے کی کبھی کوشش نہیں کی کیونکہ وہ جانتا تھا ہر حکمران کو کچھ عرصہ بعد اس نعرہ سے دوچار ہونا پڑتا ہے ؎

مانگ رہا ہے ہندوستان
روٹی۔ کپڑا اور مکان

روایت ہے جب محمود نے سومناتھ کے مندر پر حملہ کیا پجاریوں نے اُسے ایک خوبصورت مورتی کو نہ توڑنے کے لئے معقول رقم پیش کی لیکن اُس نے اسے ٹھکراتے ہوئے کہا " میں بُت شکن ہوں۔ بُت فروش نہیں "، اس بُت نے محمود سے یہ انتقام لیا کہ اُسے ایک بُت کی محبت میں جس کا نام ایاز تھا، گرفتار کرا دیا۔ چنانچہ وہ اس سے عمر بھر چھٹکارا حاصل نہ کر سکا اور اُس کی بے کسی کو مدِ نظر رکھتے ہوئے کسی شاعر کو کہنا پڑا۔

توحید یہ نازاں تھا، دلِ محوِ ایاز اتنا
توڑا نہ گیا تجھ سے محمود یہ بت خانہ

محمد غوری

یہ خاندانِ غور سے تعلق رکھتا تھا اِسے غور و خوض کرنے کی عادت تھی۔ چنانچہ غور و خوض کرنے کے بعد وہ اِس نتیجے پر پہنچا کہ کسی ملک کو فتح کرنے کے لئے جانباز سپاہیوں یا فوجی ساز و سامان کی اتنی ضرورت نہیں ہوتی جتنی اس ملک کے غداروں کا تعاون حاصل کرنے کی۔ چنانچہ اس نے ہندوستان کے ایک فرسٹ کلاس غدار جے چند کے ساتھ ساز باز کر کے پرتھوی راج کو شکست دی۔ اِس کے بعد اُس نے جے چند کی ریاست پر حملہ کر دیا۔ جب جے چند نے اُس سے بے وفائی اور وعدہ شکنی کی شکایت

کی تو اس نے کہا۔ "دو جو شخص اپنے بھائی کو دھوکا دے سکتا ہے وہ دوسروں کو کس طرح دھوکا نہ دیگا۔ پھر عزیز من! یہ جنگ ہے اس میں سب کچھ جائز ہے۔!"

قطب الدین ایبک

یہ وہ غلام تھا جس نے لاکھوں ہندوستانیوں کو غلام بنایا۔ اور خاندان غلاماں کی بنیاد ڈالی۔ یہ ہندوستانیوں کی خصلت سے اچھی طرح واقف تھا۔ اسے معلوم تھا ہندوستانی خود حکومت کرنے کی بجائے ———— غیروں کو حکومت کرنے کا موقع دیتے ہیں تاکہ ہر قسم کی ذمہ داری سے بچ جائیں۔ قطب الدین ایبک کا سب سے بڑا کارنامہ قطب صاحب کی لاٹھ ہے۔ کچھ مورخ سمجھتے ہیں۔ یہ لاٹھ دراصل ایک ٹیلی ویژن ٹاور کے طور پر بنائی گئی تھی۔ لیکن جب قطب الدین کو بتایا گیا کہ طلباء ٹیلی ویژن پر حیترہار دیکھا کریں گے تو اس نے ٹیلی ویژن رائج کرنے کا خیال ترک کر دیا۔ قطب الدین لاہور میں چوگان کھیلتے وقت گھوڑے سے گرا اور اس کی موت ہو گئی۔ کہتے ہیں مرتے وقت اس نے خدا کا شکر کیا کہ بادشاہ ہونے کے باوجود قدرتی موت مر رہا ہے۔ اس کی قبر لاہور کی ایک تنگ گلی میں جو کہ انارکلی بازار سے نکلتی ہے۔ واقع ہے۔ حالانکہ اسے مرے ہوئے ۷۶۰ برس

ہو گذرے ہیں اُسے ابھی تک مقبرہ نصیب نہیں ہوا۔

علاؤالدین خلجی

پہلا غیر ہندوستانی تھا جس نے سارے ہندوستان پر حکومت کی۔ کہتے ہیں وہ خود اِلہ دین تھا۔ لیکن اپنے آپ کو علاؤ الدین اِس لئے کہتا تھا تاکہ اسے نظر نہ لگ جائے۔ اس نے اُس وقت کے ہندوستان کے ہر راجہ کو شکست دی لیکن اسے ایک رانی نے شکست دے کر ہندوستان کی لاج رکھ لی۔ اُس رانی کا نام پدمنی تھا۔ کہتے ہیں جب اُسے حاصل کرنے کے لئے وہ چتوڑ کے قلعے میں داخل ہوا۔ اُسے پدمنی کی راکھ کے سوا کچھ نہ ملا اس کی ساری حسرتیں خاک میں مل گئیں کیونکہ راکھ زبانِ حال سے کہہ رہی تھی۔ ؎

اُٹھ گیا وہ شوخ لگا کر قہقہہ
دیر تک محفل میں سناٹا رہا

علاؤالدین نے دہلی میں حوضِ خاص بنوایا حالانکہ اس سے توقع کی جاتی تھی کہ دیوانِ خاص بنوائے گا۔ اس نے حوضِ عام کہاں بنوایا، اُس کا پتہ نہیں چل سکا۔ معلوم ہوتا ہے اس نے دریائے جمنا کا نام حوضِ عام رکھ دیا تھا۔

اکبر

چھ بڑے مغل بادشاہوں میں اکبر سب سے بڑا تھا۔ اور جتنا بڑا تھا۔ اِتنا ہی اَن پڑھ بھی تھا اور جتنا اَن پڑھ تھا اتنا ہی کامیاب منتظم اور حکمران تھا۔ اس نے ہندوستان میں سب سے پہلے "سیکولر ڈکٹیٹر شپ" کی بنیاد رکھی۔ ہندو مسلم اتحاد کو فروغ دینے کے لئے راجپوت گھرانوں میں شادیاں کیں لیکن اس سے ہندو مسلم اتحاد کو کوئی خاص فائدہ نہ ہوا۔ کیونکہ یہ یک طرفہ ٹریفک تھا۔ اکبر نے نئے مذہب "دین الٰہی" کو رائج کرنے کی کوشش کی۔ مگر اُس میں اُسے کامیابی نہ ہوئی۔ کیونکہ مذہب چلانے سے پہلے اُس نے پیغمبر یا اوتار ہونے کا دعویٰ نہیں کیا۔ ایسے دعوے کے بغیر ہندوستان میں نیا مذہب چلایا نہیں جا سکتا۔ عالموں کے علاوہ اکبر مسخروں کی بڑی قدر کرتا تھا۔ اس کا خیال تھا مسخرہ وہ درباری ہوتا ہے جس پر چاپلوس ہونے کی تہمت نہیں لگائی جا سکتی۔ اکبر نے ہندوستان کو دنیا کی سب سے بڑی سلطنت بنانے کے لئے پچاس سال صرف کئے اورنگ زیب نے قریب قریب اتنے ہی برس اس سلطنت کے پرخچے اُڑانے میں لگائے۔

ناچ میری بلبل

کل جب ہم شرما صاحب سے ملنے کے لئے اُن کے ہاں پہنچے تو معلوم ہوا کہ وہ باتھ روم میں ہیں۔ ہم باتھ روم کے ساتھ والے کمرے میں بیٹھ کر ان کا انتظار کرنے لگے۔ وہ باتھ روم میں گنگنا رہے تھے "ناچ میری بلبل.... ناچ میری بلبل" ہمیں یہ سن کر بڑی حیرت ہوئی۔ بلبل گاتی ہے یہ تو ہمیں معلوم تھا۔ لیکن وہ ناچتی بھی ہے اس سے ہم بے خبر تھے۔ ہم نے سوچا شرما صاحب نے ایک ناچنے والی بلبل پالی ہے اور اب اس سے فرمائش کر رہے ہیں کہ وہ ناچے تاکہ غسل کرتے وقت اُن کا دل لگا رہے۔ پھر خیال آیا حالانکہ یہ نہایت ہی فضول خیال تھا۔ شاید ہماری بھابی صاحبہ سے ناچنے کی فرمائش کی جا رہی ہے اور پیار سے اُنہیں بلبل کہا جا رہا ہے۔ جب شرما صاحب غسل کرنے کے بعد ہمارے پاس آئے تو ہم نے اُن سے سوال کیا: "یہ ناچنے والی والی بلبل آپ کہاں سے لے آئے؟" اُنہوں نے مسکرا کر جواب دیا: "آپ کونسی ناچنے والی بلبل کی بات کر رہے ہیں؟" "وہی جس سے

آپ باتھ روم میں ناچنے کے لئے کہہ رہے تھے۔" اُنہوں نے ایک زور دار قہقہہ لگایا اور بولے " جناب وہ تو ایک فلمی گانا تھا۔ جس کے بول ہیں۔ ناچ میری بُلبل کہ پیسہ ملیگا"

" بڑے عجیب بول ہیں ؟ "

عجیب تو ہیں ہی ان فلمی گانے لکھنے والوں کی ہمیشہ بہت دُور کی سوجھتی ہے۔ دیکھئے نا کیا بات پیدا کی ہے۔ ناچ میری بُلبل کہ پیسہ ملے گا۔"

" ہماری سمجھ میں آج تک یہ بات نہیں آئی کہ آپ کو فلمی گانے کیوں پسند ہیں"

" اور ہماری سمجھ میں آج تک یہ بات نہیں آئی آپ کو فلمی گانے کیوں پسند نہیں۔ حالانکہ آپ اچھی طرح جانتے ہیں۔ بہت سے لوگ فلم گانوں کی خاطر دیکھتے ہیں۔ فلم کی کہانی چاہیئے۔ بالکل بے تکی ہو لیکن اگر گانے اچھے ہوں تو وہ اس فلم کو پسند کرتے ہیں۔

" وہ اُس نوجوان کی طرح ہیں جو کسی لڑکی سے شادی کر لیتا ہے کہ اس کے گال پر ایک تل ہے جو اسے اچھا لگتا ہے حالانکہ لڑکی بالکل بدصورت ہے۔"

اور یہ تو آپ شاید جانتے ہی ہیں ہم ریڈیو پر صرف فرمائشی فلمی گانوں کا پروگرام سنتے ہیں۔"

" آپ باقی پروگرام کیوں نہیں سُنتے ؟ "

" دیکھئے خبریں سننے کا کوئی فائدہ نہیں کیونکہ وہ تو اخبار میں

پڑھی جا سکتی ہیں۔ بچوں کا پروگرام اتنا دقیق ہوتا ہے کہ اُسے بچے تو کیا اُن کے والدین تک نہیں سمجھ سکتے۔ عورتوں کے پروگرام میں ایسی بدمزہ ترکاریاں بنانے کی ترکیبیں بتائی جاتی ہیں۔ جنہیں کھانے کے بعد شوہر بیوی سے کہتا ہے "خدا کے لئے کوئی اور سزا دے لیجئے ایسی ترکاریاں مت بنایا کیجئے۔ تقریریں اتنی خشک اور غیر دلچسپ ہوتی ہیں کہ انہیں سن کر وحشت ہونے لگتی ہے۔ لے دے کے فلمی گانے رہ جاتے ہیں۔ انہیں سن کر آنکھوں میں نور نہیں تو دل میں سرور ضرور پیدا ہوتا ہے پھر مزے کی بات یہ ہے اُن میں حیرت انگیز ورائٹی پائی جاتی ہے۔"

"ورائٹی؟ مجھے تو وہ سب ایک جیسے لگتے ہیں۔"

"یہی تو آپ کی غلطی ہے۔ دیکھئے اگر شادی کے گانے ہیں تو آپ کی دعا سے طلاق کے گانوں کی بھی کمی نہیں اور خدا نے چاہا تو بہت جلد نس بندی کے گانے بھی معرضِ وجود میں آ جائیں گے۔ سنجیدہ گانوں کے ساتھ ساتھ مزاحیہ گانے ہیں اور پھر اداسی، حسرت اور یاس کے گانے تو اتنے دردناک ہیں کہ انہیں گنگنانے وقت خواہ مخواہ خود کشی کرنے کو جی چاہنے لگتا ہے۔"

"لیکن یہ سب گانے نہایت سطحی اور اکثر عامیانہ یا بازاری ہوتے ہیں۔" ہم نے اعتراض کرتے ہوئے کہا۔

"آپ یہ اِس لئے کہہ رہے ہیں کیونکہ ایسا کہنا فیشن میں

داخل ہے۔ ورنہ فلمی گانوں میں بڑے پتے کی باتیں کہی جاتی ہیں۔
"پتے کی باتیں؟ بھلا اس گانے میں کیا پتے کی بات ہے؟"
"دنیا والے جائیں گے لے جائیں گے دل والے"
"کمال ہے آپ یہ بھی نہیں سمجھ سکے بندہ پرور اس گیت میں بتایا گیا ہے کہ:

ساقی کے ہاتھ ہے نہ کچھ قدر و قضا کے ہاتھ
ساغر اُسی کا ہے جو اُٹھا لے بڑھا کے ہاتھ

دوسرے الفاظ میں یہ گیت انگریزی شاعر ڈرائیڈن کے اس قول کی تائید کرتا ہے۔ جس میں کہا گیا ہے "حسین عورت کو حاصل کرنے کے لئے شجاعت پہلی شرط ہے!"
"چلئے یونہی سہی۔ لیکن یہ تو آپ تسلیم کریں گے بہت سے فلمی گیتوں کو صرف اُن کی دھنوں کے لئے پسند کیا جاتا ہے ورنہ اُن میں کچھ نہیں ہوتا۔"
مثال کے طور پر؟"
اِن گیتوں کے بول لیجئے۔
(۱) "زندگی اک سفر ہے سہانا۔ کل کیا ہو کس نے جانا"
(۲) زندگی خواب ہے۔ خواب میں جھوٹ کیا سچ کیا"
(۳) اور وہ گیت جو آپ باتھ روم میں گنگنا رہے تھے "ناچ میری بلبل پیسہ ملے گا۔"

دیکھئے صاحب پہلے گانے میں عمر خیام کے فلسفہ کو سمویا گیا ہے یعنی تلقین کی گئی ہے ——— کھاؤ پیو اور موج کرو۔ ہو سکتا ہے۔ کل تم جہان سے ہی گذر جاؤ دوسرا گیت ویدانت کے فلسفے پر مبنی ہے۔ اس کا مفہوم وہی ہے۔ جیسے گوسوامی تلسی داس نے اس دوہے میں بیان کیا ہے:۔

اُما کہوں میں انو بھو اپنا
ست ہری بھجن۔ جگت سب سپنا

اب رہا تیسرا گیت یعنی ناچ میری بلبل کا پیسہ ملے گا تو جناب من اس میں کارل مارکس کے فلسفہ کی تشریح کی گئی ہے۔ گیت کا مطلب ہے سرمایہ دار مزدور کو نگنی کا ناچ نچاتا ہے اور مزدور یہ یہ ناچ اس لئے ناچتا ہے کہ اسے پیسہ ملتا ہے طوائف اپنا جسم اس لئے فروخت نہیں کرتی کیوں کہ وہ فطرتاً بدچلن ہے بلکہ اس لئے کہ اس کی ... پریشانیاں اُسے ایسے کرنے پر مجبور کرتی ہیں۔"

شرما صاحب سے فلمی گیتوں کی یہ دلچسپ تشریح سن کر ہم زیر لب مسکرا دئے وہ سمجھے انہوں نے ہمیں قائل کر دیا ہے۔ جب ہم اُن سے رخصت ہوئے تو فرمایا۔" آئندہ جب کبھی آپ کو دفتر میں زیادہ کام کرنے پڑے یا آپ کا باس آپ کو سخت سست کہے تو اُسے یا اپنے آپ کو کوستے کی بجائے گنگنایا کیجئے گا۔

ناچ میری بلبل کہ پیسہ ملے گا